Opaline Allandet

I0676773

Ulric le Fourbe

roman

Éditions Dédicaces

ULRIC-LE-FOURBE, par OPALINE ALLANDET

DU MEME AUTEUR:

- Le fruit du chagrin (roman) Éditions Graine d'auteur, 2007.
- L'insoumis (roman) Éditions Graine d'auteur, 2007.
- Carlane et l'énigme des quais, Éditions Graine d'auteur, 2009.
- Célestine dans la tourmente (roman) Éditions Edilivre, 2011.
- Émotions saisies (tankas) Éditions Du Masque D'Or, 2011.
- À fleurs d'ombre (poésie) Éditions Dédicaces, 2012.
- Nouvelle aube (poésie) Éditions Dédicaces, 2012.
- Gabrielle de Cordemoy (roman) Éditions Edilivre, 2012.
- Soirée d'azur (poésie) Éditions Dédicaces, 2013.
- Autour d'un héritage (roman) Éditions Edilivre, 2013.
- La chaussure rouge (roman) Éditions Edilivre, 2014.
- Godefroy-le-Cruel (roman) Éditions Dédicaces, 2014.
- Pétales de vie (poésie) Éditions Dédicaces, 2015.

ÉDITIONS DÉDICACES LLC

www.dedicaces.ca | www.dedicaces.info
Courriel : info@dedicaces.ca

Opaline Allandet

Ulric le Fourbe

AVANT-PROPOS

Ce livre fait suite aux romans intitulés : *Godefroy-le-Cruel*, publié en 2014 par les Éditions Dédicaces de Montréal et *Quentin-le-Rebelle*, publié en 2015 par le même éditeur. L'action se déroule au XIIIème siècle en Bourgogne-Franche-Comté. Cette province appartenait alors au Saint-Empire Romain Germanique.

L'histoire, ainsi que les personnages, sont fictifs, mais le contexte historique est réel.

Je dois préciser que le Moyen-Âge est une époque où la religion tient une place importante. D'autre part, les mœurs barbares sont choquantes, mais j'ai tenu à les restituer telles quelles dans un souci d'authenticité.

L'Auteure

◆◆◆

" C'est de la confiance que naît la trahison "

Proverbe arabe

Première partie

Thibaut de Menard

Quentin fut soulagé d'apprendre que son père avait vaillamment résisté à l'attaque de son château-fort par les partisans d'Othon IV de Brunswick. Il n'avait pas voulu y participer. Et bien qu'il eût toujours de la rancune contre son père, il n'avait pas souhaité sa mort.

Thibaut de Menard, lui, s'était senti ouvertement offensé par le baron de Lanicey, lors du premier mariage de Quentin. C'est pourquoi il figura parmi les assaillants du château. Mais il avait eu le temps de s'enfuir dès l'arrivée imprévue des amis de Godefroy : le vicomte de Palindrey, le marquis d'Attrans et le comte de La Fouchardière.

Quand Thibaut rentra en son manoir de Pouilly, sa colère n'était point encore tombée; Il déclara à Quentin :

– Comme je vous l'avais prédit, ce vieux renard s'est bien défendu. Diantre ! Mais j'espère que nous aurons l'occasion de le combattre une nouvelle fois et de le vaincre enfin. Partagez-vous mon avis ?

– Certes, il mérite une bonne leçon, répondit Quentin.

– Est-ce tout ? Je croyais que votre père ne représentait plus rien pour vous ?

Le jeune baron feignit de ne pas entendre. Cela faisait deux mois que son ami l'hébergeait, ce dont il lui était reconnaissant. Mais Thibaut régnait en maître et Quentin se sentait un peu en position d'infériorité par rapport à lui. Le jeune baron et son épouse d'origine turque jouissaient d'un agréable appartement entre ces murs austères. Ils possédaient même leurs propres serviteurs qui se pliaient à toutes leurs exigences sans broncher. Mais ils n'étaient pas chez eux.

Et puis, Aysu, son épouse, devait bientôt accoucher, et l'angoisse lui serrait le cœur. Il craignait tant de revivre l'atroce douleur qu'il avait ressentie lors du décès de sa douce Herminie, sa première petite épouse, qui était décédée en accouchant de jumeaux morts-nés !

Aysu se portait à merveille, bien qu'elle fût un peu fatiguée. La matrone qui suivait sa grossesse se montrait optimiste. Le jeune couple désirait que le bébé fût un garçon, mais une fille serait tout de même bienvenue. Une nourrice fut choisie avec soin.

Enfin quand le grand jour arriva, le 27 avril 1204, Quentin laissa son épouse entre les mains de la matrone et de toutes les dames du château. Puis, il se réfugia dans la chapelle afin de supplier Dieu pour qu'il gardât sa chère Aysu en vie. Lorsqu'il eut prié, une onde de douce chaleur l'envahit et il comprit, à cet instant-là, que tout se déroulerait bien. Effectivement, lorsqu'il revint, la nourrice procédait au bain d'un beau garçon aux traits fins et à la chevelure très brune. Il pleurait vigoureusement. Quentin se glissa dans la chambre où se reposait Aysu et baisa son front mouillé de transpiration.

– Ma chère Aysu, comme je suis heureux d'être devenu père grâce à vous ! Et d'un si joli petit garçon ! Comment l'appellerons-nous ?

La jeune femme releva les yeux et répondit en souriant :

– Simon est un prénom cher aux chrétiens orthodoxes.

– Eh bien soit, il se prénommera ainsi. Reposez-vous bien, mon ange, et gardez le lit pendant quelques jours. Il est nécessaire que vous repreniez des forces.

Quinze jours plus tard, Aysu reparut parmi les habitants du manoir. Elle avait retrouvé sa taille mince et son visage, qui reflétait le bonheur, avait encore embelli. Ses longs cheveux noirs flottaient sur ses épaules. Ses seins étaient plus lourds et ses hanches un peu plus larges, ce qui la rendait davantage désirable. Cette maternité l'avait profondément épanouie. Quentin la jugea aussi séduisante qu'Aliénor, la jeune fille qu'il devait épouser et qui avait été lâchement assassinée peu de temps avant leur mariage[1]. Il ne songeait plus souvent à celle-ci, à présent qu'il se trouvait comblé.

D'ailleurs, il ne fut pas le seul à remarquer cette lumineuse beauté qu'elle irradiait par sa seule présence. Thibaut de Menard, en la contemplant, avait senti croître en lui un désir certain pour cette jeune femme du Levant. L'ancien besoin de charmer et de conquérir la gent féminine s'était, avec Aysu, réveillé et cela le taraudait. Son épouse, Brunilde, était jolie, certes, mais il l'avait épousée surtout pour sa fortune. Et il devait s'efforcer de ne rien laisser paraître devant son ami.

Thibaud continuait à fréquenter le cercle du prince germanique qui l'avait entraîné à combattre aux côtés d'Othon de Brunswick. Il le retrouvait à la cour du duc de Bourgogne qui organisait toujours des soirées galantes en son palais de Dijon. Quentin et son épouse furent également invités à se divertir en ces lieux, puisqu'ils étaient les hôtes de Thibaut. Pour ces occasions, Brunilde prêtait volontiers à Aysu ses magnifiques robes en soie. Celle-ci commença tout d'abord par refuser, n'étant pas habituée à porter de riches vêtements. Mais ce fut Thibaut qui insista afin qu'elle les portât.

Au cours d'un bal organisé par le duc, le comte de Menard invita Aysu à danser avec lui et celle-ci n'osa pas refuser. Quelques torches éclairaient la salle de bal mais la lumière était tamisée et les danseurs évoluaient dans une semi-pénombre, qui leur conférait un côté un peu mystérieux.

---

[1] Voir *Godefroy-le-Cruel*.

Thibaut dévorait du regard Aysu dont la robe de soie jaune miroitait comme un soleil et il brûlait d'envie de la serrer dans ses bras.

– Si vous saviez, Madame, comme je suis heureux de me sentir proche de vous ! Vous êtes si belle ! Sans doute êtes-vous une étoile tombée du ciel ?

– N'exagérez-vous pas un peu ? répondit-elle, amusée.

– Oh non ! Je suis extrêmement sérieux. Depuis votre arrivée sous mon toit, mon existence n'est plus la même : je me languis de vous !

Aysu lâcha sa main. Elle acceptait la galanterie d'un autre homme que son époux, à condition toutefois qu'elle ne franchît pas une certain seuil de bonne conduite qu'elle s'était fixé. En tout cas, elle ne tolérait pas d'être courtisée par Thibaud de Menard.

Elle interrompit la danse et répondit :

– Messire le comte, veuillez m'excuser, mais je me sens un peu lasse. Je souhaiterais me reposer dans mon appartement.

– Voulez-vous que je vous accompagne jusqu'au château ? Je pourrai ainsi veiller sur vous.

– Non, je vous en remercie. Je vais chercher mon époux et repartir avec lui.

Quentin n'était pas loin, effectivement. Et il avait remarqué qu'Aysu plaisait à son ami. Cela faisait quelques jours qu'il espionnait ce dernier en toute discrétion, espérant le prendre en flagrant délit de harcèlement amoureux concernant sa trop jolie "eau-de-lune" – traduction française de « Aysu ». Il éprouvait une totale confiance envers son épouse, mais il connaissait trop les aventures galantes de Thibaut et son comportement volage, même après son mariage. Vraiment, celui-ci se montrait trop libertin à son goût.

Un jour de juillet où la chaleur était devenue accablante, Aysu, se croyant seule dans sa chambre, s'était très légèrement vêtue car elle avait l'impression d'étouffer :

10

elle ne portait qu'une simple chemise de lin blanc et elle avait délacé le haut de ce vêtement qui collait à sa peau moite. Dans la pièce voisine de la sienne, Manon somnolait. Elle entendit un bruit de pas dans le couloir mais pensa qu'il s'agissait de sa servante. Puis, soudain, la porte de sa chambre s'ouvrit et elle poussa un cri d'horreur en reconnaissant la haute stature de Thibaut de Menard. Elle n'eut pas le temps de fermer sa chemise avant que celui-ci courût jusqu'à elle en disant :

– Non ! Surtout restez comme vous êtes. Je peux enfin contempler vos charmes!

Il allait la saisir dans ses bras lorsqu'elle cria :

– Manon ! Viens vite ! À moi !

La servante arriva en courant et le comte, pris en flagrant délit, se sauva.

– Ah ! Ma chère Manon ! Merci. Si tu n'étais pas venue aussitôt, je crois que le comte m'aurait violée !

Aysu tremblait encore d'effroi en songeant à l'audace de cet homme qui avait tenté de la surprendre en l'absence de son époux. Et elle éprouvait de la honte d'avoir délacé sa chemise alors qu'elle n'était pas chez elle.

Manon lui conseilla de s'allonger sur son lit pour se remettre de ces émotions.

Lorsque Quentin revint de la chasse, Manon lui raconta la scène dont elle avait été le témoin. Le jeune homme explosa de colère :

– Aysu ne sera donc jamais tranquille avec cet énergumène ! Ah ! Comme je regrette d'avoir sollicité notre hospitalité ici !

Thibaut avait entendu cette exclamation car son appartement était voisin de celui des jeunes époux. Il pénétra sans frapper dans le salon où se tenaient Quentin et Manon, et, d'un ton arrogant, déclara :

– Mais sachez que je ne vous retiens pas ici, cher ami. Ma porte vous est ouverte et la route est large…

– Oui ! hurla le jeune baron, nous allons partir, mais pas avant que j'aie réglé votre compte ! En convoitant mon épouse, je considère que vous avez trahi notre amitié et celle-ci n'existe plus. Dès lors, je demande réparation de l'outrage que j'ai subi.

– Mais de quel outrage parlez-vous ? rétorqua le comte. Si votre épouse se dévêt dans ma propriété, rien ne m'empêche de la regarder. Elle est si belle ! Et puis, je suis chez moi ici, dois-je vous le rappeler ?

– C'est votre attitude harcelante envers elle que je vous reproche. Toutes les autres dames ne vous suffisent-elles pas ? Elles tombent dans vos bras comme des mouches !

– Justement, elles ne me résistent pas assez !

Puis, changeant de sujet, il ajouta.

– Par quel moyen demandez-vous réparation ? Vous savez que j'ai été votre maître d'armes autrefois. Alors, que choisissez-vous pour mourir ? L'épée ou le glaive?

– L'épée me conviendra parfaitement pour vous couper en deux ! assura Quentin.

Il saisit son arme qui se trouvait proche de lui et fit mine d'attaquer aussitôt son ancien ami, devenu son ennemi.

– Hé ! Attendez donc que je sois en mesure de me défendre !

Thibaut revint peu de temps après, muni, lui aussi, d'une lourde épée.

– Je vous écraserai sans pitié, ingrat que vous êtes !

Manon se sauva, refusant d'assister à une mise à mort. Pendant quelques instants, seuls les cliquetis des fers qui se croisaient avec fureur accompagnèrent les cris de haine. Thibaut était fort habile et maniait l'épée avec beaucoup de dextérité. Mais Quentin, de son côté, possédait l'agilité d'un chat, étant plus mince que son ex-ami. Chaque fois que le comte pensait toucher son ancien élève, celui-ci virevoltait avec brio et échappait à ses attaques. Des serviteurs et amis étaient présents pour assister au spectacle.

" *Il finira bien par se fatiguer* " songea Thibaut.

Quentin fut légèrement blessé au bras gauche, mais ne ressentit pas de douleur. Sa chemise était simplement déchirée et la plaie peu apparente. Mais sa colère s'en accrut et il riposta de plus belle.

– Prenez garde si vous tenez à rester en vie ! grondat-il.

– Et vous de même ! hurla Thibaut. Sans compter que si je vous occis, dame Aysu m'appartiendra !

Et il ricana méchamment en prononçant cette phrase.

Ces paroles moqueuses firent tant souffrir Quentin que, sous l'emprise de la fureur, ses forces se décuplèrent. Fou de rage, il saisit un lourd vase en étain qui se trouvait sur une table et le lança à la tête du comte. Ce dernier, étourdi par le choc et le front entaillé, faillit perdre l'équilibre. Alors, le jeune baron parvint à le blesser sérieusement à la poitrine.

Thibaut poussa un hurlement de douleur mais continua à croiser le fer. Puis, étant trop affaibli par sa blessure, il tomba à terre. Quentin posa un pied sur sa poitrine ensanglantée et lui dit :

– Reconnaissez-vous que je suis le plus fort et que vous êtes vaincu ?

– Jamais ! osa rétorquer le comte, encore pétri d'orgueil.

– Faites vos prières car mon dernier coup vous sera fatal.

Effectivement, d'un bref et sec coup d'épée, il lui trancha la gorge, puis le décapita. Le sang de Thibaut éclaboussa les murs et inonda le parquet. Enfin, non content de l'avoir exterminé, Quentin le démembra.

Ce fut ainsi que le trop galant comte de Menard rendit l'âme pour avoir convoité l'épouse de son ancien ami.

Cette fois, Quentin dut organiser sa fuite au plus vite. Il ordonna à son serviteur Florimond qui se trouvait sur les lieux du massacre, de détacher un cheval et de galoper à toute allure jusqu'au château de Cottin où résidait son ami

Roland de Chessac. Seul, celui-ci pouvait le recueillir et le cacher, en compagnie de son épouse et de Simon.

Aysu, complètement anéantie par ce massacre provoqué par sa propre inconscience, ne cessait de pleurer.

– Mais pourquoi donc pleurez-vous, ma chère et tendre ? lui demanda Quentin. Regrettez-vous Thibaut de Menard à ce point ?

– Non, bien sûr...

Que pouvait-elle ajouter, sinon que la terrible barbarie de son époux l'avait beaucoup choquée ? Elle l'avait connu si doux autrefois... ! Comment avait-il pu se transformer en un tel assassin sanguinaire ? Elle tremblait d'effroi, mais réussit à masquer son angoisse devant lui.

Elle partit chercher son bébé qui dormait innocemment dans un joli berceau. Elle le prit tendrement dans ses bras, le couvrit de baisers mouillés de larmes, puis l'enveloppa dans une couverture pour qu'il ne prît pas froid. Il n'avait que trois mois.

Pendant ce temps, la nourrice, ainsi que Manon, préparèrent leurs bagages en toute hâte car ils devaient fuir rapidement.

Heureusement, une heure plus tard, le cocher de Roland de Chessac arriva et leur apprit que son maître avait accepté de les cacher provisoirement chez lui. Aysu se détendit un peu et ses joues pâles reprirent un peu de couleur. Ils grimpèrent dans la carriole et le cocher les conduisit sur des sentiers cahoteux et boueux car il avait beaucoup plu la veille. La jeune femme finit par s'endormir avec son enfant dans les bras, tant ce drame l'avait épuisée !

Ils aperçurent enfin le château de Cottin. Construit récemment, au XIIème siècle, il possédait les caractéristiques de toutes les maisons-fortes, protégé par deux enceintes rectangulaires avec des murailles et des fossés. Lorsqu'ils arrivèrent, il faisait déjà nuit, ce qui les arrangeait car ils ne tenaient pas à être repérés.

Roland de Chessac les accueillit à bras ouverts. Il les logea au second étage de sa forteresse et ordonna à son personnel de ne révéler à personne l'existence de cette famille sous son toit, sous peine d'être pendu.

Aglaé, son épouse, qui autrefois était tombée amoureuse de Quentin, était restée fort jolie, mais elle admira, elle aussi, la beauté simple et rayonnante d'Aysu.

– Comme je suis heureuse de vous retrouver ! s'exclama-t-elle en recevant la jeune baronne. Nous avons déjà eu l'occasion de nous rencontrer aux bals organisés par le duc de Bourgogne, mais nous ne nous connaissons pas vraiment.

– C'est vrai, répondit Aysu, et j'espère sincèrement que nous deviendrons amies.

– Mais je l'espère bien, moi aussi. En tout cas, soyez les bienvenus ici.

Le jeune couple fut installé dans une grande pièce comprenant un lit, une armoire en bois sculpté, un bahut et trois chaises recouvertes de velours bleu. Les murs étaient entièrement recouverts de tapisseries très anciennes, ayant appartenu aux ancêtres de Roland. Aglaé, qui avait donné naissance à une superbe fillette l'an passé, apporta un berceau entouré de mousseline blanche pour y coucher le petit Simon.

Aysu et Aglaé se retrouvaient souvent pour effectuer des travaux d'aiguille, mais à l'intérieur de la maison-Forte, par crainte de rencontrer des gens du château de Pouilly. Le frère de Thibaut, ainsi que son épouse Brunilde, devaient très certainement les rechercher en vue de le venger. Aglaé ne se lassait pas de questionner sa nouvelle amie sur la Cappadoce, cette contrée du Levant qui la fascinait. Aysu, avec une pointe de nostalgie, lui décrivait les magnifiques paysages, ainsi que la mer qui bordait son village natal.

Un jour, elle osa confier à Aglaé :

– Si, par malheur, il m'arrivait de perdre mon époux, mon souhait le plus cher serait de retourner dans mon pays, vivre auprès de mon père, en espérant qu'il sera encore de ce monde.

Et ses yeux noirs devenaient tristes, rêveurs, en prononçant ces mots...

– Voyons, ma chère Aysu, il serait préférable que vous retourniez là-bas en famille, accompagnée de Quentin et de Simon.

– Oh oui ! Je serais tellement fière de présenter notre enfant à mon père pour qu'il le bénisse !

Ces instants de paix furent de courte durée car, dix jours plus tard, un chevalier équipé et muni d'une lance se présenta devant les gardes du château de Cottin. Son visage buriné par le soleil n'était pas aimable, bien au contraire.

– Que faites-vous ici ? Nous ne vous connaissons pas, questionna un garde, méfiant.

– Je souhaite rencontrer le seigneur qui gouverne ce château.

– Dites-nous d'abord qui vous êtes et nous aviserons.

Mais le chevalier sans nom se rebella :

– Depuis quand est-ce aux gardes de décider ou non l'accès d'un chevalier dans une Maison-Forte ? Laissez-moi passer, vous dis-je. C'est un ordre !

Le pont-levis fut donc relevé et le seigneur inconnu pénétra dans la salle de garde du château. L'un des gardes avait pris soin d'informer Roland de Chessac de cette visite imprévue.

Celui-ci, par précaution, ordonna à ses amis de se cacher dans un souterrain de la forteresse, dont l'accès n'était connu que de lui seul. Quentin et Aysu ainsi mis à l'abri, Roland se présenta enfin auprès de ce visiteur qui s'impatientait visiblement.

– Je suis le comte de Chessac. Et vous, seigneur, à qui ai-je l'honneur ?

– Philippe de Menard, mais je suis de passage dans votre région. Je ne vais pas tergiverser. Voici le but de ma

16

visite ici : je recherche un jeune baron qui a osé tuer mon frère en duel pour une peccadille et qui se nomme Quentin de Lanicey. Cet homme est un monstre qui doit être massacré à son tour, car il a fait preuve d'une grande barbarie à son égard. Et pourtant, ils étaient amis.

Le comte de Chessac était demeuré impassible durant ces explications et, devant l'attitude belliqueuse de ce seigneur, à laquelle il s'attendait d'ailleurs, il répondit calmement :

– Sire, je puis vous assurer que je n'ai pas revu Quentin de Lanicey depuis au moins deux années. Et cela m'étonne beaucoup qu'il se soit comporté comme vous me le décrivez. Je me souviens d'un homme sage et réfléchi. Cela me paraît impensable !

– Messire le comte, je dois vous avertir que si vous mentez, vous serez, vous aussi, poursuivi pour complicité. Le duc de Bourgogne, qui a été averti de cet acte odieux, a donné son accord pour que vengeance soit accomplie. Alors, tenez-vous-le pour dit ! C'est très sérieux.

– Très bien, répliqua Roland, je vous promets que, si je le revois, je ne manquerai pas de vous avertir.

– Ce sera dans votre intérêt ! À présent, je compte sur vous pour coopérer avec nous.

Après qu'ils eurent échangé une solide poignée de mains, Philippe de Menard quitta le comte, laissant ce dernier dans l'inquiétude.

Une fois sortis de leur cachette, Quentin et Aysu remercièrent sincèrement leur ami. Non seulement il leur avait sauvé la vie mais il avait mis la sienne en péril.

Quentin prit conscience qu'ils ne pouvaient plus séjourner chez leur hôte, afin qu'il fût à son tour assuré de sa propre sécurité. Aysu partageant le même avis, Quentin souhaitait solliciter de nouveau l'hospitalité de son beau-frère, le duc de Sacht, dans le canton de la Nièvre. Mais son épouse s'y opposa :

– Je trouve qu'il est risqué pour nous de retourner là-bas, car Brunilde de Menard sait que nous avons été hébergés par lui avant d'arriver à Pouilly. Elle pensera forcément à nous chercher à Varois.

– Mais oui ! Suis-je sot ! Heureusement, ma chère Aysu, que vous réfléchissez davantage que moi et que vous possédez un solide bon sens. J'allais commettre une grosse erreur !

– Mais alors, ajouta-t-elle d'une voix inquiète, où pouvons-nous chercher refuge sans craindre d'être rattrapés par ces gens qui ne pensent qu'à se venger ?

– Ne vous alarmez pas. La nuit, parfois, porte conseil. Peut-être trouverai-je une solution plus satisfaisante demain...

– Je l'espère, mon ami, car j'ai peur de ces représailles. À présent, allons nous coucher. Il me semble que lorsque vous me serrez dans vos bras, je ne risque plus rien. C'est merveilleux.

La jeune femme se montra ardente au lit, bien que la religion s'opposât à de tels ébats, puis s'enfonça rapidement dans le sommeil. Pendant qu'Aysu dormait comme un ange, Quentin se mit à réfléchir. Qui donc, parmi son entourage familial, serait susceptible de les recevoir sans les trahir ? Il ne pouvait plus compter sur les amis. Soudain, un souvenir heureux et douloureux à la fois refit surface en son esprit. Il se souvint du charmant accueil que lui avait réservé son oncle, Jean de Morenne, un frère de sa défunte mère, Mahaut. Ce fut plusieurs années auparavant, alors qu'il fuyait déjà son père. Celui-ci avait violé sa fiancée adorée, Aliénor de Scéry, puis ils avaient été recueillis tous deux par le comte de Morenne. Quentin devait épouser Aliénor, mais celle-ci fut traîtreusement assassinée un mois avant la célébration de ce mariage. Et l'assassin ne fut jamais retrouvé.

Évidemment, ce souvenir très pénible le faisait encore souffrir lorsqu'il y songeait, mais il n'envisageait pas d'autre solution pour l'instant. Il se promit de convaincre Aysu afin qu'elle acceptât de le suivre là-bas. Celle-ci ne se montra pas hostile à ce projet :

– Du moment que nous pourrons nous trouver en sécurité, je vous fais confiance. Nous devons fuir rapidement. Mais qui nous conduira là-bas ?

– Je demanderai un dernier service à notre ami Roland, à savoir s'il accepte de nous prêter sa carriole ainsi que son chauffeur.

Cependant, l'idée de quitter Aglaé l'attrista. Elle songea même que, depuis son arrivée en Germanie, elle n'avait connu que des hébergements dans des châteaux agréables, certes, mais où elle n'était jamais chez elle. Aysu éprouvait maintenant le besoin de retrouver son propre logis, c'est pourquoi il lui tardait d'emménager dans la propriété que le duc de Sacht faisait rénover pour eux à Hoftenberg, juste de l'autre côté du Rhin.

Quentin remercia chaleureusement son ami qui, en le cachant, lui avait sauvé la vie. Puis, ils se quittèrent pour se rendre dans le comté de Bourgogne, toujours accompagnés de Florimond, de Manon et de la nourrice de Simon.

L'automne commençait doucement à parer la nature de couleurs mordorées et le temps devenait plus clément. Lorsqu'ils aperçurent au loin la haute silhouette du château de Morenne entouré de deux enceintes, le cœur de Quentin se serra. Il revenait sur les lieux du drame qui l'avait anéanti sept années auparavant[2]. Mais il se sentait assez fort à présent pour surmonter ces pénibles souvenirs, grâce à sa nouvelle épouse qui ensoleillait sa vie.

Certains gardes, les plus anciens, le reconnurent et, sans faire de difficultés, levèrent les deux ponts-levis qui protégeaient la forteresse.

---

[2] Voir *Godefroy-le-Cruel*.

Quand il franchit le portail d'entrée, accompagné de son épouse du Levant, Jean de Morenne resta un moment interdit. Était-ce bien son neveu, ce superbe jeune homme à la haute stature, au regard franc et assuré, qui s'avançait vers lui pour l'étreindre entre ses bras robustes ?

– Mon cher Quentin, comme je suis heureux de vous retrouver parmi nous ! s'écria-t-il, empreint d'émotion.

– Et moi de même ! Répondit le jeune homme. Permettez-moi de vous présenter mon épouse Aysu, ainsi que notre fils Simon, âge de quatre mois.

La comtesse Irma, son épouse, s'avança vers ce magnifique bébé, qui la conquit immédiatement :

– En vérité, il est magnifique ! Vous resterez bien quelques jours ici, j'espère, ajouta-t-elle en leur souriant.

– Ma tante, vous êtes toujours aussi bonne, par la grâce de Dieu. Oui, nous resterons ici si vous nous le permettez, car je suis toujours en conflit avec mon père.

– Décidément, il n'a pas changé ! déclara le comte. Mais vous savez bien que je vous considère comme mon propre fils. Mettez-vous à l'aise.

– Souhaitez-vous dîner ? proposa Irma. Je vais ordonner à la cuisinière de vous préparer un bon repas. Cela vous redonnera des forces.

Quentin et Aysu soupèrent de bon appétit car ils avaient voyagé longtemps et se trouvaient affamés. Le potage de légumes était fameux, ainsi que le morceau de porc qui accompagnait les choux.

Il expliqua pour quelles raisons son père l'avait rejeté, mais se garda bien d'évoquer le drame du château de Pouilly.

Thibaut de Morenne, le jeune héritier du château et des terres qui lui étaient rattachées, effectuait depuis quatre ans un stage chez un autre chef de fief afin de parfaire son éducation militaire. Il devait bientôt revenir afin d'aider son père à gouverner le domaine.

Quant à la romantique Rosemonde, elle avait dû épouser un ami d'enfance pour lequel elle n'éprouvait aucune attirance. Mais elle n'avait pas osé se rebeller contre l'autorité paternelle. Et, bien qu'elle fût mère de deux adorables bambins, elle passait tous ses après-midi auprès de ses parents. Car le comte de Morenne s'était lié d'amitié avec un de ses voisins, baron et veuf sans enfant. Celui-ci, âgé d'une trentaine d'années, avait fière allure, et Rosemonde recherchait sa compagnie.

Aysu, qui avait remarqué cette attirance, chercha à distraire Rosemonde de son humeur morose en lui proposant des balades sur les terres de Morenne.

– Croyez-vous que je devrais tenter de séduire ce charmant baron ? demanda-t-elle à Aysu un jour où elles effectuaient une promenade à travers champs.

La jeune Turque qui, elle, n'aimait que son époux, pouvait difficilement la conseiller dans ce domaine.

– Les liens du mariage ne sont-ils pas sacrés pour vous ? lui répondit-elle.

– Si, bien sûr, mais Dieu nous demande d'aimer tous nos prochains. Ce n'est donc point une faute…

– Oui, mais Il a dit aussi : *" Tu ne convoiteras pas la femme de ton voisin "*

– Oh là là ! Peu m'importe Dieu ! Je veux vivre et connaître l'amour. Je n'aime point mon mari.

– Alors, dans ce cas, faites comme vous l'entendez.

Durant ce séjour, Quentin se rendit compte qu'il lui était trop difficile de rester chez son oncle et rédigea un pli pour son beau-frère, Othon de Sacht. Il lui révéla qu'il se trouvait actuellement hébergé chez le comte de Morenne avec sa petite famille, mais que son souhait le plus sincère était de s'installer dans le château d'Hoftenberg qu'il faisait restaurer pour eux. Il lui avoua que, sans le montrer à Aysu, il se sentait souvent envahi par la mélancolie : le fantôme d'Aliénor paraissait le hanter bien que sept années se fussent écoulées. Enfin, il osa lui parler du crime dont il était responsable, sachant que le duc ne le jugerait point mal, et lui demanda de le cacher afin d'éviter la vengeance de la famille Menard.

Il expédia un messager jusqu'à Varois après s'être entretenu avec Jean de Morenne :

– Mon oncle, je ne vous remercierai jamais assez pour votre bienveillante hospitalité et pour l'affection que vous nous prodiguez. Mais je dois à présent reprendre ma vie en mains. J'ai l'intention de m'enrôler de nouveau dans l'armée d'Othon IV de Brunswick, afin de subvenir aux besoins de ma famille.

– Je vous comprends bien, hélas ! N'envisagez-vous pas de vous réconcilier avec votre père à l'avenir ?

– Ah, certainement pas ! N'oubliez pas que c'est lui qui m'a rejeté avec son autoritarisme forcené.

– Qu'en pense votre épouse ?

Quentin releva la tête pour affirmer :

– Aysu me suivra toujours. Peu importe où je mets mes pas. N'est-ce pas ainsi que doit se comporter une dame ?

Effectivement, lorsque Quentin reçut la réponse affirmative du duc de Sacht, Aysu se montra séduite par l'idée de retrouver Lidwine. Pourtant, elle se sentait heureuse auprès d'Irma et de Rosemonde et son enfant la comblait de joie. Mais sa belle-sœur, avec son caractère franc et assuré, l'attirait davantage.

Le soir où ils prirent cette décision, elle demanda cependant à Quentin :

– Ne craignez-vous pas que vos ennemis nous retrouvent en ce château ?

– Non, répliqua-t-il d'un ton ferme, car je sais que mon beau-frère fera tout pour nous défendre. Il fut un valeureux guerrier durant la troisième Croisade et sa bravoure fut reconnue.

Ils décidèrent de voyager sans tarder, avant l'arrivée de l'hiver qui s'avérait rude dans cette contrée. La bonne Irma les embrassa longuement au moment de leur départ. Ce fut le cocher du comte qui les conduisit un matin de novembre, sous un brouillard qui dissimulait tout le paysage. Une page était tournée.

◆◆◆

Deuxième Partie

La réconciliation

Lidwine accueillit son frère et sa belle-sœur avec joie. Elle se sentait très proche d'Aysu, d'autant plus que sa robe très ample cachait un futur enfant à naître, le troisième.

– Quelle bonne nouvelle vous m'apprenez là ! s'exclama, tout heureuse, la jeune baronne. Quand ce bébé doit-il arriver parmi nous ?

– Dans trois semaines ou un mois, ce qui est proche. Cela lui fera juste neuf ans d'écart avec Conrad.

– Très bien ! Félicitations, ma chère sœur, dit à son tour Quentin en la serrant dans ses bras. Mais au fait, où se trouve Conrad ?

– Conrad effectue un stage en tant que page auprès du seigneur de Romagny, dans le canton d'Auxerre. Il est parti là-bas depuis environ six mois et, lorsqu'il nous reviendra, il pourra seconder son père dans l'administration de notre domaine.

Après leur avoir fait servir un copieux repas, Lidwine fit préparer leur ancienne chambre dont la vue donnait sur des vallons déjà bien dépourvus de feuillages.

Agréablement chauffée par une cheminée en pierre, Aysu souffrirait mois du froid. Simon fut installé dans le berceau de LIzbeth qui devenait une délicieuse fillette. Âgée de six ans, elle possédait la chevelure dorée et bouclée de sa mère, ainsi que les yeux noirs de son père.

Le duc de Sacht, rentré d'une visite dans un de ses villages, vint se joindre à eux. Puis, après les avoir salués, il fit signe à Quentin de le suivre dans son bureau :

– Il faut que je vous informe : j'ai visité récemment le manoir dont vous serez l'heureux propriétaire. Les réparations sont presque terminées et vous pourrez bientôt vous y installer. Il est situé à Hoftenberg, dans le canton de Fribourg-en-Brisgau, en Germanie, mais il se trouve proche de Strasbourg; Il s'agit d'un ancien château-fort érigé il y deux siècles, mais qui a été presque totalement détruit par des barbares provenant des Carpates. Mon oncle, qui le gouvernait, a été malheureusement massacré. Nous l'avons retrouvé cloué vivant sur une porte de grange. Quant à son épouse, terrifiée à l'idée d'être violée, elle s'est jetée par une fenêtre du second étage et s'est écrasée sur le sol.

– Oh ! Quelle horreur ! s'exclama le jeune homme. Il ne faut absolument pas qu'Aysu apprenne de quelle façon votre famille a disparu, car elle est trop sensible, comme la plupart de ces dames.

– Ne vous inquiétez pas ! Elle n'en saura rien car Lidwine l'ignore également.

Quentin le remercia chaleureusement et en profita pour le féliciter au sujet de la proche naissance de leur troisième enfant.

– Si vous saviez comme je me sens comblé ! Quand je pense que ma première épouse n'a jamais pu enfanter… Pauvre Anne-Claude ! Votre père a fait de moi l'homme le plus heureux de la terre en m'accordant votre sœur comme épouse.

Le jeune homme se sentit vivement irrité par cette réflexion, éprouvant toujours du ressentiment contre le sire.

– Parbleu, Othon, je vous prie de ne plus faire allusion à mon père !

– Cependant, il faudra bien vous réconcilier avec lui un jour. Mon ami est très emporté, certes, mais il n'est pas un mauvais bougre.

– Vous êtes bien le seul à le juger avec autant de magnanimité ! Mais nous n'allons pas nous fâcher à cause de lui.

– À la bonne heure ! Alors, buvons un verre pour fêter nos retrouvailles

Et le duc héla un serviteur afin qu'il leur apportât une bonne bouteille de vin fabriqué en Bourgogne.

Lidwine accoucha le 27 décembre 1204, entourée d'Aysu, des amies et voisines du château de Vauzelle, ainsi que de ses servantes. Celles-ci se mirent à prier Sainte Marguerite, patronne des accouchées, afin de conjurer le mauvais sort. Le travail se révéla long et douloureux car le bébé était gros. Au bout de plusieurs heures de souffrance, la matrone extirpa puis présenta un beau garçon vigoureux qui se mit à crier très fort. Tout le monde fut soulagé et Othon, qui attendait à l'extérieur du manoir, put enfin admirer son second fils.

– En ma qualité de parrain, je le prénomme Maxence, déclara Quentin. Mon épouse, qui sera la marraine, partage ce choix.

– Alors, bienvenue et longue vie à Maxence ! s'écrièrent toutes les personnes qui étaient présentes au château.

Il fut décidé que le baptême aurait lieu dans trois semaines. Mais il fallait d'abord en informer Godefroy de Lanicey, son grand-père. Othon lui adressa une lettre destinée à lui annoncer la naissance du bébé. Par ce même courrier, il l'invita à venir séjourner chez lui. Mais il se garda bien de lui apprendre qu'il hébergeait Quentin. Il souhaitait lui faire cette surprise afin de tenter de les réconcilier. C'était sûrement très présomptueux de sa part, d'autant plus que Quentin s'y opposait farouchement.

En effet, le jeune baron faillit déguerpir sur-le-champ quand Othon lui dévoila cette décision. Non seulement le duc ne s'en offusqua pas, mais répondit tout simplement :

– Partez si vous le souhaitez. Je ne vous retiens pas.

Une fois sa terrible colère passée, Quentin réalisa qu'il ne savait pas où aller. Mais il se jura de faire comprendre à son père à quel point il le rejetait.

Godefroy de Lanicey avait vaincu les sbires d'Othon IV de Brunswick l'an passé. Et il se sentait toujours puissant et respecté. Cependant, sa forteresse avait été très endommagée. Et comme il avait dilapidé une bonne partie de sa fortune en fréquentant assidûment *le bon Goulot* pour les beaux yeux et le corps envoûtant de Tiphaine, une jeune prostituée de ce tripot, il n'avait pas pu le faire réparer entièrement. Il avait seulement fait reconstruire leur appartement, ainsi que le donjon qui abritait son bureau et constituait son principal poste d'observation.

Il s'entretenait souvent avec Ulric, son surveillant en qui il avait placé toute sa confiance et qui ne le décevait jamais. Il avait convoqué celui-ci dans son cabinet de travail et l'examinait d'un regard félin.

– Dis-moi, Ulric, toi qui sais tout, as-tu une idée du nom du traître qui m'a odieusement dénoncé à Otton de Brunswick ?

– Ah ! Maître, soyez assuré que si je le connaissais, il ne serait déjà plus de ce monde. Je vous aurais vengé de façon impitoyable !

– Fort bien ! Alors, dans ce cas, tâche de mener ton enquête discrètement, et tu seras chargé de le punir.

L'homme sans âme, qui avait fait office de bourreau autrefois, égrena un rire mauvais, ce qui fit ouvrir sa bouche complètement édentée et libéra son haleine fétide.

– Vous pouvez compter sur moi sans problème. Je resterai toujours votre fidèle serviteur.

– Bien ! Maintenant, je dois t'avertir que je suis invité au baptême du troisième enfant de LIdwine et que c'est à toi que je confie la bonne marche de la forteresse durant mon absence. Je partirai dans une semaine.

– Entendu, Maître, n'ayez aucune crainte. Je me montrerai à la hauteur de cette tâche qui m'incombe.

En prononçant ces mots, ses petits yeux porcins avaient brillé de malice. Il allait pouvoir exercer sa méchanceté sur les personnes qu'il détestait, principalement sur les femmes qu'il méprisait, les jugeant trop superficielles et inférieures aux hommes. Pour lui, celles-ci ne représentaient que des objets sexuels qu'il fallait asservir. Lorsqu'il les troussait sans attendre leur accord, elles n'osaient pas se plaindre auprès de leur maître, tant elles le craignaient ! Godefroy était à présent âgé de cinquante ans et commençait à présenter quelques signes de fatigue, peu importants mais, à cause de cela, il était devenu moins intrépide et moins vif pour se déplacer. Pourtant, il pratiquait régulièrement des sports de combat comme la lutte, la boxe et effectuait de nombreuses marches sur ses terres, qu'il surveillait attentivement. Il exigeait de ses paysans un maximum de récoltes et n'hésitait pas à les faire fouetter si celles-ci s'avéraient insuffisantes.

Néanmoins, son caractère devint un peu moins intransigeant qu'autrefois. Ce fut d'ailleurs ce qu'avait remarqué son gendre Othon de Sach.

Le baptême de Maxence étant fixé au 20 janvier 1205, Godefroy fit préparer, huit jours plus tôt, sa carriole ainsi que ses bagages, en vue de son voyage jusqu'à Varois. Il emmenait avec lui son fils Guillaume, âgé de huit ans, deux serviteurs, ainsi que la gouvernante qui avait remplacé Clémence et était chargée de la surveillance de l'enfant.

Judith de Borie, ancienne maîtresse du comte de la Fouchardière et fort jolie femme, avait su manœuvrer pour entrer dans le lit du sire sans que cela choquât quiconque. Seul, le brave curé qui officiait à Lanicey en fut navré. À la différence de Clémence, cette dame ne connut aucun scrupule, étant une femme légère, pour appâter Godefroy. Bien qu'elle fût âgée de trente-cinq ans, son corps n'était pas empâté comme ceux de la plupart des dames de son âge et de sa condition. Très jeune, elle avait eu deux filles, déjà établies suite à de riches mariages. Elle pouvait donc porter

29

des robes très décolletées qui cachaient tout juste des seins rebondis à point. Son visage, dont le front était soigneusement épilé, était maquillé avec art, ce qui mettait en valeur ses yeux couleur d'émeraude, ornés de longs cils noirs. Ses cheveux dorés qu'elle rentrait sous une coiffe pointue, flottaient derrière son dos.

Godefroy, qui venait de rompre ses ébats amoureux avec la jeune Tiphaine, s'était jeté dans ses bras sans retenue car il ne manquait pas de virilité. Et puis, elle était la veuve d'un comte fortuné, ce qui lui conférait de bonnes manières. Le comte de la Fouchardière étant marié, il avait souhaité se séparer de cette maîtresse qui rêvait de supplanter son épouse et qui l'encombrait.

Seul, Guillaume avait souffert du départ de la douce Clémence, qu'il avait presque considérée comme sa mère. Judith prenait bien soin de lui mais elle se montrait autoritaire, ce qui ne plaisait pas au jeune garçon.

Ils arrivèrent à Varois huit jours avant la date du baptême. Le voyage avait été long et périlleux à cause du mauvais état des chemins. La contrée était recouverte d'une épaisse couche de neige, formant, par endroits, des congères, et les chevaux glissaient. En outre, un froid intense sévissait, et ils durent s'enrouler dans des couvertures pour se protéger de cet air glacial.

Le duc de Sacht les accueillit avec sa bonhomie coutumière :

– Entrez, mes amis, et approchez-vous de la cheminée. Vous devez être transis de froid.

– Oui, je ne refuserai pas, acquiesça Godefroy. Vous avez toujours une mine resplendissante, cher ami.

– Je peux vous retourner le même compliment, répondit Othon en riant.

Puis, il héla un serviteur :

– Valentin, va donc nous chercher une bonne bouteille de liqueur. Nos voyageurs ont besoin de se réchauffer.

30

Lidwine se présenta à son tour, embrassa son père, mais se montra distante avec Judith qu'elle n'appréciait pas. Sa fille était accompagnée d'une très jolie jeune femme. Godefroy songea qu'il s'agissait sans doute d'une amie qui lui tenait compagnie. Il ne put s'empêcher de la flatter :

– Madame, votre grâce me touche profondément. À qui ai-je l'honneur ?

– Je me nomme Aysu pour vous plaire, Seigneur.

Il réfléchit un instant. Ce nom étranger ne lui disait rien, mais il se sentait succomber face à cette beauté.

– Venez vous asseoir auprès de moi : nous ferons davantage connaissance.

Alors qu'Aysu prenait place à ses côtés, Quentin fit brusquement irruption dans le salon. Il provenait du dehors, et, lorsqu'il vit son père et son épouse assis côte à côte, sa surprise, puis sa fureur, furent telles qu'il s'écria :

– Père ! Il est inutile de faire preuve de galanterie envers Aysu. Elle est mon épouse et je vous prie de ne pas l'importuner. Entendez-vous ?

Godefroy, indigné, se leva et lança d'un ton bourru :

– Quentin ! Mais que faites-vous donc ici ?

– La même chose que vous, Père. Je suis invité au baptême de mon neveu, que cela vous plaise ou non.

Le sire fit mine de se lever :

– Puisque vous ne pouvez pas supporter ma présence, je vais me retirer et vous laisser en famille. Venez, Judith, notre place n'est pas ici.

Ce fut alors qu'Othon s'interposa :

– Allons, cher ami, si je vous ai invité, c'est justement parce que j'apprécie votre compagnie. Vous n'allez pas commettre l'injure de vous en aller si tôt.

– Non, mais notez bien que c'est mon fils qui me chasse !

Aysu, qui ignorait le différend entre le père et le fils, insista à son tour :

– Messire le baron, je suis si heureuse de faire votre connaissance ! Car vous êtes également le grand-père de notre fils, Simon, qui n'a pas encore un an.

Godefroy ne put s'opposer à la supplique de sa nouvelle belle-fille tant il la trouvait séduisante.

– Alors, dans ce cas, Madame, veuillez demander à votre époux s'il me tolère ici.

– C'est bon ! grommela Quentin, voyant que la situation tournait en sa défaveur. Puisque mon épouse le demande, j'accepte de faire la paix pour l'instant, mais je resterai sur la défensive.

Au début du repas, préparé avec soin par un maître-cuisinier, chacun demeura silencieux ou presque, cette incartade entre le père et le fils ayant jeté un froid. Une impression de gêne s'était emparée des convives. Aysu, quant à elle, ne comprenait rien à ce désaccord qu'elle ignorait et qu'elle ne pouvait pas supposer. Là encore, elle fut choquée par la réaction de son époux, mais elle préféra garder son ressenti pour elle-seule.

Pour détendre l'atmosphère, Othon parla de tout et de rien, de l'hiver qui se faisait rude, des réserves de blé et de seigle qui commençaient à diminuer chez ses paysans, du bois de chauffage qui devenait rare, des épidémies qui sévissaient dans les villages, emportant de nombreux jeunes enfants ainsi que des personnes âgées. Puis, Godefroy enchaîna sur la politique, l'éventuel retour de Philippe de Souabe au pouvoir, car il devenait de plus en plus populaire. Seul, Quentin écouta sans mot dire, car il restait partisan d'Otton de Brunswick.

À la fin du repas, l'alcool fut distribué de nouveau et les langues se délièrent. Lidwine et Aysu parlèrent de leurs enfants et le sire voulut faire la connaissance du petit Simon. Le bébé lui fut donc présenté et il parut enchanté, trouvant que son nouveau petit-fils ressemblait déjà à sa jolie Maman.

Il était tard lorsque les dames regagnèrent leurs chambres agréablement chauffées par un feu de cheminée. Mais les hommes restèrent ensemble pour discuter. Quentin désira savoir si son père avait obtenu l'annulation de son mariage, ce dont il l'avait menacé avant son départ de Lanicey.

– Non, répondit Godefroy, car le pape ne l'a pas accordé, et c'est tant mieux puisque votre épouse me convient. Et je n'ai plus l'intention de vous déshériter.

À ces mots, Quentin se détendit. Il songea qu'il avait bien fait de ne pas participer à l'attaque de sa forteresse. C'était Thibaut de Menard qui avait dénoncé son père au clan des Brunswick et il ne regretta pas d'avoir massacré cet individu.

Othon en profita pour leur faire servir une nouvelle fois de la liqueur, afin de fêter cette réconciliation. Et il se félicita intérieurement d'avoir réussi cette tentative si délicate.

Lorsque, au bout d'une semaine, le baron repartit pour Lanicey, il était accompagné par son fils aîné et sa belle-fille. Tout semblait rentrer dans l'ordre. Ulric fut mécontent de revoir Quentin s'installer parmi eux, car la présence du jeune homme l'empêchait de manipuler Godefroy à sa guise. Mais il ne laissa paraître aucune désapprobation sur son visage perfide.

Le jeune homme retrouva donc son ancien appartement qui lui rappelait la présence de sa douce Herminie, décédée lors de ses couches. Il fit changer la disposition des meubles, et distribua les vêtements de sa défunte jeune épouse aux pauvres paysannes qui peuplaient leurs villages. Elle restait toujours présente en son cœur, mais il préférait effacer toute trace d'elle. Aysu se sentit d'abord légèrement oppressée dans cet imposant château-fort qui ressemblait à une prison, puis elle s'adapta à cette sombre demeure.

Godefroy invita de nouveau ses amis, le marquis d'Attrans, le vicomte de Palindrey et le duc de la Fouchardière. Ceux-ci vinrent, accompagnés de leurs épouses et parfois de leurs enfants. Ainsi la vieille forteresse reprit-elle vie : des rires joyeux s'élevèrent dans les cours et dans les appartements, pour la plus grande joie d'Aysu qui put se faire des amies.

La fille aînée d'Edwige de Palindrey, âgée de quinze ans, se trouvait en âge de convoler. Charlotte était une jeune fille agréable, très mignonne, intelligente et cultivée. Mais elle avait été violée par un garde à l'âge de sept ans et cette blessure-là n'avait jamais pu se cicatriser. Elle avait peur des hommes et, chaque fois que son père lui proposait un prétendant, elle se sauvait en pleurant. Aysu devint sa confidente et tenta d'apaiser ses craintes. Tout en effectuant des travaux d'aiguille, elles devisaient ensemble. Aysu déclarait :

– Je comprends tout à fait votre répulsion après avoir été victime d'un tel forfait. Mais un jour, vous rencontrerez celui qui parlera à votre cœur et qui saura vous guider avec douceur sur le chemin de l'amour. Grâce à lui, vous émergerez de votre cauchemar.

– Je voudrais tant vous croire ! répondait Charlotte, sceptique malgré tout.

– Oui, j'avais une amie, en Cappadoce, qui avait été violée par un Croisé. La plupart de ces soldats n'étaient que des rustres, Quentin mis à part. Et puis, elle a connu un homme plus âgé qu'elle qui a su la mettre en confiance. Elle a accepté de l'épouser et m'a confié que, sans être attirée par les choses du sexe, elle se sentait heureuse et délivrée de ce poids qui l'avait fait tant souffrir.

– Merci, chère Aysu, de me réconforter de la sorte. Que Dieu vous protège car vous possédez une belle âme.

Quentin secondait son père dans la gestion de la forteresse, et parfois le représentait auprès des paysans qu'il fallait commander et contrôler. Ceux-ci craignaient moins

Quentin que le sire, car le jeune homme se montrait plus compréhensif et moins emporté que son père. Cependant, il restait ferme avec eux. Godefroy et son fils s'étaient donc bien rapprochés.

Un jour, Quentin osa lui avouer qu'il avait massacré Thibaut de Menard parce que celui-ci avait convoité son épouse et que cette situation l'avait rendu fou de rage.

– Je comprends votre réaction qui me paraît justifiée, répondit le sire, car l'honneur passe avant toute chose. J'aurais agi tout comme vous, soyez-en certain. D'autant plus que ce comte avait osé séduire Isadora ! Quel goujat !

Le jeune homme se souvint du terrible châtiment qu'avait enduré sa propre mère, Mahaut, alors que Godefroy était fou de jalousie, et il se rendit compte que, inconsciemment, il s'était conduit comme lui.

En avril 1205, l'hiver commença à reculer. La neige fondait et le dégel s'accompagnait d'une petite musique d'eau vive qui courait aux bords des chemins. Les oiseaux nichaient dans les arbres en poussant des petits cris joyeux. Toute chose paraissait plus simple. Cette impression de légèreté régnait également dans le cabinet de travail du sire. La fenêtre était grande ouverte, afin de laisser pénétrer la lumière du soleil à l'intérieur de la pièce. Godefroy et Quentin travaillaient ensemble. Le sire vérifiait ses comptes afin de faire réparer son château qui avait été fort endommagé en octobre dernier, sans compter les objets et les meubles cassés ou détériorés durant ce combat. Et il soupira car il ne possédait pas suffisamment d'argent pour faire réparer tous ces dégâts.

Un jour, Quentin osa questionner son père au sujet de sa vie privée :

– Sans vouloir vous juger, Père, je ne comprends pas pour quelle raison vous n'avez pas repris une épouse. Est-ce que Madame de Borie vous satisfait à ce point ? Cette femme a la triste réputation d'avoir la cuisse légère. Vous que j'ai connu autrefois si jaloux, comment pouvez-vous supporter de telles rumeurs à son sujet ?

– Sans doute parce que je ne l'aime point suffisamment, répondit le sire. Elle me procure un plaisir sensuel uniquement.

– D'autre part, je ne comprends pas davantage pourquoi Clémence a éprouvé le besoin de se retirer dans un monastère, alors qu'elle cherchait à tout prix un époux et un père pour sa fille. J'en suis fort surpris.

Godefroy fronça ses sourcils devenus poivre et sel et haussa le ton :

– Mon fils, sachez que je vous trouve un peu trop curieux. Mais vous voici devenu un véritable chevalier et je vous dois la vérité : apprenez que Clémence fut ma maîtresse et que je regrette son départ car sa compagnie m'était fort agréable. En outre, Guillaume la considérait presque comme sa mère.

– Alors, que s'est-il passé ? Pourquoi est-elle partie ?

Godefroy ne pouvait pas avouer l'engouement insensé qu'il avait éprouvé pour Tiphaine, une simple prostituée qui lui rappelait Aliénor. Celle-ci l'avait rendu fou avec sa sensualité presque bestiale et pourtant raffinée. Il frissonnait encore rien qu'en y songeant. Il se contenta de répondre :

– Clémence était une femme très pieuse et notre curé avait réussi à la convertir par ses billevesées auxquelles elle a cru. Soudain, elle s'est sentie destinée à la religion et, craignant mon opposition, a préféré se sauver. C'était son choix ! Qu'y pouvais-je faire ? Devais-je aller l'arracher de force parmi toutes ces dames qui, comme elle, refusent la compagnie d'un homme ?

Sans la moindre hésitation, le jeune homme rétorqua :

– Assurément ! Après tout, votre rang vous situe au-dessus de celui de l'abbesse qui les dirige. Et, personnellement, c'est ainsi que j'aurais agi.

36

– Ah non ! s'emporta le sire. Pour moi, c'eût été faire preuve de bassesse. Que faites-vous de ma fierté et de mon honneur ?

Quentin songea que son père demeurait indomptable bien qu'il fût plus âgé. À présent qu'il avait mûri, il éprouvait pour lui un mélange de dépit et d'admiration.

Cette conversation échangée avec son fils laissa une trace dans l'esprit de Godefroy. Et, comme à chaque fois qu'il se sentait hésitant, il ressentit le besoin de se confier à Ulric. Cet intendant sans âme lui apparaissait réellement intègre puisqu'il n'était animé par aucun sentiment. Ses idées ne pouvaient provenir que d'un cerveau logique. C'était ainsi qu'il l'imaginait. Ulric représentait pour lui l'image d'un lac idéalement calme et sans vagues, même sous l'orage. Aussi le fit-il convoquer le lendemain, toujours dans son cabinet de travail. L'intendant arriva de son pas souple et félin, puis, après avoir salué son maître bien bas, attendit sans mot dire.

– Assieds-toi, Ulric ! Une fois de plus, j'ai besoin de ton avis, car toi seul me connais bien.

– J'en suis très flatté, Sire.

– Voilà : j'ai eu hier une discussion avec Quentin au sujet de Clémence de Jaffrerot. Toi qui as pu observer Clémence dans le cadre de ton travail, comment l'avais-tu jugée ?

Le serviteur se gratta la tête, devenue chauve, pour faire croire qu'il réfléchissait, puis énonça d'une voix calme et ferme :

– Cette dame était trop sentimentale, ce qui faussait son jugement. En outre, elle était l'opposée de vous-même, ne sachant jamais si elle faisait le bien ou le mal. C'est pourquoi le couvent représentait un lieu tout indiqué pour elle. Là, elle pouvait être guidée.

– Ainsi, récapitula Godefroy, je n'ai aucune bonne raison de la regretter. D'autant plus qu'elle a entaché mon honneur en me quittant sans me prévenir.

– Oui, insista Ulric, c'est impardonnable ! Mais pourquoi me demandez-vous cela ? Avez-vous l'intention de la faire revenir ici ?

– Moi, non. C'est Quentin qui me l'a conseillé.

Le vieil intendant objecta aussitôt :

– Depuis quand un fils peut-il conseiller son père ? N'est-ce pas plutôt l'inverse qui doit se produire ?

Le sire, soulagé, fit mine de se pencher sur son courrier qu'il n'avait pas rangé.

– Tu as entièrement raison et je te remercie de m'avoir éclairé. Tu possèdes l'intelligence et la sagesse, c'est pourquoi je prends cas de tes conseils.

◆ ◆ ◆

Troisième partie

À Hoftenberg

Six mois s'écoulèrent. En février 1206, Quentin et son épouse s'installèrent enfin dans le manoir d'Hoftenberg, situé à côté de Fribourg-en-Brisgau. Édifié sur un éperon rocheux, comme tous les châteaux-forts, sa construction remontait au XIème siècle et avait subi d'importants ravages. C'est pourquoi il avait été nécessaire de le restaurer. De plan quadrangulaire, les tours d'angles étaient plus massives et moins élevées que celles des forteresses des périodes précédentes et une bretèche défendait l'accès à la porte que précédait un pont-levis. Il était entouré de vignes ce qui lui conférait un environnement agréable. Une rivière courait en bas du château et zigzaguait dans la plaine.

Aysu, enfin satisfaite de posséder une demeure qui lui appartenait, la meubla avec beaucoup de goût : des bahuts rustiques, de grandes tables rectangulaires en chêne massif entourées de bancs, des chaises en bois également, couvertes de confortables coussins en velours. Des tapisseries épaisses recouvraient les énormes murs de pierre afin d'atténuer un peu le froid qui régnait dans la région pendant presque six mois par an. Des cheminées avaient été construites par la suite dans les pièces principales.

Au début, la jeune femme s'amusa beaucoup pour aménager un intérieur douillet qui reflétait fort bien sa personnalité délicate et riche. Leurs serviteurs : Manon,

39

Florimond, ainsi que Justine, la nourrice de Simon, les avaient suivis. Puis, d'autres serviteurs furent embauchés par la suite, principalement un cuisinier et un palefrenier, ainsi que des femmes de chambre.

Mais, au bout de quelque temps, Aysu, qui avait pris l'habitude d'être bien entourée dans les châteaux où elle avait séjourné, éprouva un sentiment de solitude et en souffrit. Quentin s'absentait souvent pour faire connaissance avec les habitants des villages qui dépendaient de sa forteresse et aussi pour les commander. Il aimait également galoper seul dans la campagne, comme le faisait son père, et cela pendant des heures. Parfois, surtout à l'approche de la nuit, la jeune femme ressentait une impression étrange, quelque chose qu'elle n'aurait pas pu définir mais qui l'angoissait. Comme s'il abritait des souvenirs inconnus d'elle, mais qui l'effrayaient. Elle se sentait oppressée. Elle pensa que ce château était trop vaste et peut-être trop sombre pour elle, qui avait passé sa jeunesse sous le soleil et la lumière apportée par la mer.

Aysu devint mélancolique malgré le bel été qui s'annonçait. Son époux s'en aperçut car elle s'adonnait moins aux plaisirs de l'amour. Elle était devenue passive, comme si elle accomplissait cet acte par devoir.

– Qu'avez-vous, ma jolie fleur d'Orient ? Votre visage est devenu pâle et vous souriez moins qu'auparavant. Êtes-vous souffrante ?

Elle leva ses grands yeux vers lui et répondit :

– Non, mon cher époux. Je me sens seule lorsque vous partez galoper dans les environs ou quand vous vous absentez pour votre travail. Et cette solitude me pèse, tout simplement. Et puis, j'ai peur.

– Mais que craignez-vous ? Nos serviteurs sont là pour vous protéger.

– Je ne sais pas comment vous expliquer cela. J'ai besoin d'avoir des amis ou une présence auprès de moi.

– Si ce n'est que cela, il suffit de vous trouver une dame de compagnie qui deviendra une amie pour vous.

– Oui, cela me plairait, assurément. Mais ce que je souhaiterais par-dessus tout, c'est organiser une fête ici pour faire la connaissance des seigneurs qui nous entourent.

Quentin, tout heureux, la saisit par la taille puis la baisa tendrement.

– Mais bien sûr ! Que je suis sot de n'y avoir pas encore songé ! Puis-je vous laisser organiser cette fête ?

– Oui, à condition toutefois que je sois conseillée par votre sœur qui, elle, sait parfaitement organiser ce genre de réception.

– Mais oui. Écrivez donc à Lidwine et invitez-là à rester un long moment chez nous si elle peut se le permettre. Elle nous a si gentiment accueillis à Varois, alors que nous étions sans logis !

Les beaux yeux d'Aysu brillèrent à nouveau de joie et elle sauta au cou de son époux.

Le lendemain, elle s'installa devant sa table d'écriture, saisit sa plume d'oie ainsi qu'un encrier et s'appliqua à former de jolis paraphes. Voici ce qu'elle écrivit :

Ma chère Lidwine,

Voici trois mois que nous avons emménagé dans notre beau manoir et j'ai déjà l'ennui de vous. Je souhaiterais organiser une réception chez nous afin d'inviter les seigneurs voisins de nos terres. J'ai cru comprendre qu'il s'agissait d'une pratique courante pour bien s'intégrer parmi eux et créer de bonnes relations entre nous. Mais je dois vous avouer ma parfaite ignorance des usages de ce monde, n'ayant point connu cela en Cappadoce.

C'est pourquoi je vous invite à séjourner à Hoftenberg afin de m'enseigner l'art de bien recevoir des personnes de qualité. J'ai pu apprécier votre aisance dans ce domaine. De plus, je ne vous cache pas que ce sera un réel plaisir pour moi de vous accueillir, tant je vous apprécie !

Nous sommes en mai et nous pouvons vous recevoir durant tout l'été qui promet d'être agréable.

Attendant votre réponse avec impatience, je vous embrasse affectueusement, ainsi que votre petite famille.

Aysu de Lanicey.

Elle profita de l'occasion pour écrire à ses amies Aglaé de Chessac, Irma de Morenne et sa fille Rosemonde, Edwige de Palindrey et sa fille Charlotte. Elle rêvait de les recevoir toutes chez elle tant elle ressentait un fort besoin de compagnie. Elle leur demanda des nouvelles qu'elle espérait bonnes et les invita également à venir séjourner chez elle, lorsqu'elles disposeraient de temps. Elle leur rappela à quel point elle s'était sentie bien reçue par elles et que son désir le plus vif était de les inviter à son tour.

Après avoir roulé ses missives et les avoir cachetées par de la cire, elle fit chercher le messager afin qu'il les apportât aux adresses indiquées. Puis, elle se sentit le cœur plus léger.

Un mois plus tard, Lidwine avait carillonné à la porte de la forteresse, après avoir été questionnée puis acceptée par les gardes. Elle était accompagnée seulement de Lizbeth, ayant confié Maxence à sa nourrice.

Aysu eut l'impression que le soleil entrait avec Lidwine tant celle-ci resplendissait de beauté ! Elle portait une longue robe bleue en satin frais, très serrée à la taille et au décolleté audacieux qui laissait voir la naissance de ses seins. Ses longs cheveux blonds étaient séparés de chaque côté de son visage en deux tresses cordées avec des rubans bleus également. Comme toute femme mariée, elle portait un voile qui couvrait le cou, les oreilles et une partie de la chevelure. Seules, les jeunes filles étaient dispensées de porter un voile. Les cheveux des dames appartenaient à leurs époux tout de suite après le mariage car on leur attribuait un pouvoir érotique et ils ne devaient pas être montrés en public. Ce voile était plus ou moins long selon la hiérarchie sociale : chez une bourgeoise, il s'arrêtait à la taille, et chez une dame noble, il descendait jusqu'aux talons.

– Votre manoir est superbe, déclara Lidwine à sa belle-sœur lorsqu'elle eut tout visité. Comme vous devez vous plaire ici !

– Oui, vous m'en voyez ravie. Mais je le trouve un peu trop grand, c'est pourquoi j'ai l'intention d'inviter beaucoup de personnes, amies ou voisines et je compte sur vous pour m'apprendre la meilleure façon de les recevoir.

– Connaissez-vous vos voisins ?

– Je connais de vue les seigneurs les plus proches de nos terres, mais je souhaite les inviter, ainsi que leurs familles et leurs amis, car j'aime me sentir entourée.

– Vous avez raison, décréta Lidwine. Pour ce faire, vous devez envoyer des invitations pour la date que vous aurez fixée pour cette fête ; Quentin pourrait les déposer chez vos voisins lorsqu'il effectue ses balades à cheval.

– Oui, c'est une excellente idée et je vous en remercie.

Quelques jours plus tard, Aysu reçut un messager en provenance de Morenne. Comme il paraissait exténué, elle lui proposa de l'héberger pour la nuit. Il ne refusa pas et se hâta de conduire son cheval à l'écurie.

Le cœur battant, la jeune femme ouvrit le rouleau qui répondait au sien. Irma lui annonçait une bien triste nouvelle qui l'affligeait encore beaucoup : en février, une terrible épidémie avait sévi dans leur comté, frappant énormément d'enfants en bas âge. Une mauvaise fièvre, très contagieuse, avait emporté les deux enfants de Rosemonde en quinze jours. Ils étaient âgés de trois et cinq ans, et, bien qu'elle fût grand-mère de nombreuses fois, ces deux petits anges lui manquaient beaucoup. Quant à Rosemonde, déprimée, puis révoltée, elle ne pouvait plus supporter son époux, transférant sa rancœur sur lui. Elle éprouvait le besoin de le quitter actuellement pour tenter de retrouver un peu d'apaisement. C'est pourquoi Rosemonde acceptait sa gentille invitation, si toutefois elle souhaitait toujours la recevoir à Hoftenberg.

Aysu avait lu ce message tout haut en présence de Lidwine et des larmes perlaient à ses beaux yeux noirs. Fort heureusement, un sofa se trouvait derrière elle et elle s'y effondra. Sa belle-sœur, moins impressionnable qu'elle, s'assit à ses côtés et lui dit :

– Vous avez bien fait d'écrire à Irma. Sa fille trouvera du réconfort auprès de vous, et je suis certaine qu'elle surmontera plus facilement son chagrin.

– Oh oui ! Je mettrai tout en oeuvre pour que son séjour soit agréable ici. S'il m'arrivait une telle épreuve, j'ignore si je pourrais y survivre. Perdre son enfant, c'est perdre une partie de soi-même. C'est affreux, et plaise à Dieu qu'Il m'épargne cette suprême douleur !

– Ne pensez pas à cela. Vous devez vous montrer forte pour bien l'accueillir.

Le messager repartit le lendemain matin pour Morenne, emportant la réponse favorable d'Aysu.

Aysu attendit l'arrivée de Rosemonde pour organiser la fête qu'elle donnait afin de connaître ses voisins de terres. Lorsque celle-ci arriva, Aysu la serra contre son cœur et lui assura qu'elle ferait tout pour la rendre heureuse. Pour préparer sa fête, elle fit venir une couturière qui présenta ses plus belles étoffes en satin, en soie ou en lin, car c'était l'été. La jeune baronne choisit du tissu rouge aux reflets scintillants, qui mettait en valeur sa peau dorée et son opulente chevelure noire. Lidwine resta fidèle à la couleur bleue qui lui seyait tant. Rosemonde se montra tant émerveillée qu'elle ne put pas choisir. Mais Lidwine lui conseilla de porter du violet, ce qui ferait ressortir sa chevelure rousse. Rosemonde avait maigri à la suite du décès de ses enfants et avait retrouvé sa silhouette de jeune fille. En outre, son teint très pâle lui conférait une sorte d'aura tragique. Elle était devenue très attirante.

Le jour de la fête, début juillet, une longue table fut dressée dans la salle principale du château. Puis, les invités entrèrent, essentiellement des seigneurs et leurs épouses, ainsi que leurs enfants. Un chambellan les accueillit et leur fit faire le tour de la pièce afin qu'ils pussent admirer la table, la vaisselle exposée sur un dressoir et les tentures qui habillaient les murs. Puis, ils s'assirent, chacun à la place qui lui était attribuée selon son rang dans la hiérarchie sociale. Aysu fit sensation, tant elle était jolie et agréable et le jeune comte Herbert de Vorembach, resté célibataire, fut ravi de faire sa connaissance. Mais elle était si préoccupée par le bon déroulement de la fête qu'elle n'y prêta aucune attention. Rosemonde, assise à côté de Quentin, buvait ses paroles car, depuis son adolescence, elle admirait son cousin. Elle ne remarqua pas un seigneur et ami de Othon de Sacht, âgé d'environ trente-cinq ans, qui n'avait d'yeux que pour elle. Othon lui avait appris le terrible malheur qui l'avait frappée et, comme il était veuf après avoir perdu également un enfant, Friedrich de Sassheim se sentait capable de la consoler. Mais Rosemonde ne s'intéressa pas à lui.

Le repas fut composé de nombreux pâtés, de volailles et de viandes de gibier procuré par la chasse, accompagné de choux et d'épinards. La cuisine, très épicée, signait leur appartenance à la noblesse. Avant chaque plat, un musicien jouait du cor. Il y eut de nombreuses pauses entre chaque plat, durant lesquelles des troubadours, des acrobates, des magiciens et des ménestrels divertirent les convives.

Quand le repas fut terminé, tard dans la soirée, tout le monde se mit à danser au son des cornemuses et à la lumière des chandeliers. Puis, les invités s'éclipsèrent peu à peu, après avoir remercié Quentin et son épouse. Celle-ci, enchantée, considéra que cette fête avait été une réussite.

Quentin devint ami avec Herbert de Vorembach et celui-ci se rendit souvent au château d'Hoftenberg. Les deux jeunes gens adoraient jouer aux échecs et se mesuraient souvent à ce jeu de tactique intellectuelle. Ils ne voyaient pas les heures s'écouler tant ils étaient absorbés par leur réflexion, et il leur arrivait parfois de jouer jusqu'à l'aube.

Lidwine était repartie à Varois, car il lui tardait de retrouver Maxence, ainsi que son époux.

Herbert amena chez ses nouveaux amis sa jeune sœur, Frida, âgée de dix-sept ans. Aysu se prit d'amitié pour cette jeune fille discrète et sage. Le soir, à la lueur des chandelles, elles cousaient toutes deux en bavardant. Et ce fut tout naturellement que la jeune baronne lui demanda :

– Accepteriez-vous, Frida, de vous installer ici afin de me tenir compagnie ? J'aime être entourée dans ce château, qui m'apparaît trop grand et qui m'effraie un peu.

– Si mon père accepte votre proposition, j'en serai fort heureuse également.

– Alors, dès demain, j'irai lui demander son autorisation.

Le comte de Vorembach donna son accord pour l'installation de sa fille au château d'Hoftenberg et Frida fut logée dans un appartement voisin de celui d'Aysu.

Rosemonde conçut de la jalousie en s'apercevant qu'Aysu montrait une préférence pour Frida. Aussi décida-t-elle, par esprit de vengeance, de se rapprocher de son cousin Quentin. Celui-ci, âgé de vingt-neuf ans, se trouvait en pleine force de l'âge. Ses traits virils s'étaient affirmés et ses yeux lui rappelaient la mer par temps calme. Il dégageait une impression de force et de sécurité qui la troublaient quelque peu. Bref, il l'attirait notablement. À son arrivée à Hoftenberg, Rosemonde avait tenu caché ce désir secret, mais petit à petit, elle sentait le besoin de se trouver à ses côtés, et, qui sait, peut-être de lui plaire.

Rosemonde, âgée de vingt-quatre ans, possédait un physique pleinement épanoui. Sa beauté, remarquable, était accentuée par un caractère primesautier. Sa longue crinière rousse étincelait au soleil bien qu'elle continuât à porter une coiffe. Elle s'était légèrement étoffée depuis son arrivée ici, et son corps était fort désirable. Autrefois, elle aimait croquer dans la vie à pleines dents, jouir de tous les plaisirs. Après avoir été durement éprouvée par le décès de ses enfants, elle se sentait mieux à présent. Elle ne les avait pas oubliés, non, elle ne les oublierait jamais. Mais elle éprouvait maintenant le besoin de se divertir, de s'étourdir comme pour anéantir la souffrance qui l'avait terrassée quelques mois auparavant. Elle avait surtout besoin d'aimer et d'être aimée. Et, comme elle était douée d'une nature romanesque, elle rêvait de connaître l'amour.

Un jour où la chaleur écrasait la nature ct les hommes, début août 1206, Aysu et Frida partirent se promener dans un bois afin de rechercher un peu de fraîcheur. Quentin était resté au château afin de se plonger dans ses comptes. Il se tenait dans son cabinet de travail, orienté au sud et souffrait, lui aussi, de la chaleur. Les serviteurs, fatigués par cette soudaine torpeur, faisaient la sieste. Tout semblait très calme.

Si calme que Rosemonde, ayant très chaud, commença par remonter ses cheveux, qu'elle fixa avec un ruban, puis dégrafa son corsage. Cela lui procura une très agréable sensation de liberté et de bien-être. Alors, pourquoi ne pas continuer à libérer son corps qui respirait mieux ? Elle se débarrassa de ses jupons qui restèrent posés sur un fauteuil et ne conserva que le dernier qui était fort court. Et, soudain, l'idée lui vint de rendre visite à Quentin.

Le jeune homme somnolait plus ou moins lorsqu'elle frappa à sa porte. Mais lorsqu'elle entra, si peu vêtue et provocante, en ondulant des hanches et en faisant mouvoir ses seins, il poussa un cri de surprise. Puis, Rosemonde s'avança tranquillement vers lui et prit sa main qu'elle posa au bas de son ventre brûlant. Quentin la jugea si éblouissante de hardiesse et de sensualité qu'il la laissa s'allonger sur le canapé douillet qui se trouvait derrière sa table de travail.

Sans réfléchir, il retira rapidement ses chausses qui moulaient ses muscles saillants pendant qu'elle se dénudait entièrement, offrant son corps superbe à sa vue. Alors, il ne put résister et s'étendit sur elle. Il la désirait si fortement qu'il ne pouvait attendre davantage ! Il n'était plus lui-même.

Lorsque la raison lui revint après la tornade sensuelle qui l'avait agité, Quentin détacha son corps de celui de la jeune femme et se leva d'un bond.

– Rosemonde, qu'avez-vous fait de moi ?

Elle répondit sereinement tout en riant :

– Comment cela ? Ne vous ai-je point fait du bien ?

– Si mon corps est détendu, mon cœur ne vous est point acquis. Retenez bien ceci.

Mais cette réponse ne parut pas émouvoir Rosemonde qui resta nue en l'écoutant.

– Eh ! Croyez bien que cela ne me dérange pas. Je saurai vous attendre..

Elle se sentait presque invulnérable, sûre de sa beauté et du désir qu'elle avait provoqué à son amant.

Il tint cependant à lui préciser :

– Si mon corps est faible, mon cœur restera attaché à mon épouse. C'est elle que j'aime, sincèrement, et non point vous.

– Je vous ai bien compris et je me contenterai de n'être qu'une maîtresse pour vous.

– Je préfèrerais que cela ne se reproduise plus. Et d'abord, veuillez remettre vos vêtements.

– Dommage ! Je me sens tellement à l'aise ainsi ! Il fait si chaud !

– Et surtout, ajouta-t-il, jurez-moi qu'Aysu n'apprendra jamais cette défaillance de ma part. Car je vous ferais renvoyer aussitôt !

Elle remit ses vêtements avec indolence, mais une flamme de joie brillait dans ses yeux verts. Elle avait gagné !

Lorsque Frida et Aysu rentrèrent au château, elles se sentirent de bonne humeur car l'air frais du bois leur avait rendu des forces. Et le soir, elles dînèrent de bon appétit. Elles babillèrent tout en dégustant leur potage, s'entendant à la perfection. Rosemonde se mêla à leur conversation tout en restant discrète. Seul, Quentin demeura muet, comme absent de la tablée.

– Qu'avez-vous, mon chéri ? s'enquit Aysu. Pourquoi ne dites-vous mot ?

– Ce n'est rien, rassurez-vous. Cette chaleur m'accable encore.

Mais en réalité il revoyait en pensées le corps nu et splendide de Rosemonde, qui le perturbait.

Le soir, au moment de s'endormir, il embrassa hâtivement son épouse puis se tourna sur le côté comme pour la fuir. Cependant, il ne se sentait pas fier de lui. Comment avait-il pu la tromper aussi facilement, alors qu'il n'avait pas supporté que Thibaut de Menard l'eût convoitée ? Il n'avait pas hésité à assassiner sauvagement son ex-ami, alors que rien de répréhensible ne s'était passé entre Aysu et Thibaut. Quel démon l'avait poussé à céder aussi facilement devant un corps féminin entièrement nu et exposé devant ses yeux ? Pourtant, il avait fréquenté de nombreuses femmes lorsqu'il guerroyait, pour la plupart de petite vertu. Il ne se reconnaissait plus. Il songea également à Mahaut, sa malheureuse mère, qui fut injustement martyrisée pour avoir soi-disant trompé son époux, alors qu'elle le croyait massacré. Ce n'était point une trahison, cependant elle fut condamnée à mort par son propre père ! Il parvint difficilement à trouver le sommeil tant son esprit et son corps étaient agités !

Dans les jours qui suivirent cet épisode passionné, Quentin s'arrangea pour séjourner le plus possible au dehors du manoir. Après son travail, il partait galoper dans les bois

49

en compagnie de Herbert de Vorembach, et, chaque matin, il se levait dès l'aube, avant même que son épouse fût réveillée. Durant les repas, il paraissait souvent absent. Aysu finit par remarquer cette étrange attitude et se confia à ses amies :

— Je suis inquiète pour mon époux car, depuis quelques jours, il n'est plus le même homme. Il paraît soucieux et moins agréable qu'auparavant. Ne trouvez-vous pas ?

— Non, je n'ai pas remarqué, répondit Frida. Il travaille beaucoup et cela doit le fatiguer.

Rosemonde, quant à elle, lui conseilla de dialoguer avec lui. Parfois, une bonne explication valait mieux qu'un doute. Puis, elle ajouta :

— Dites-moi, Aysu, avez-vous remarqué que le bel Herbert n'a d'yeux que pour vous ?

— Oh non ! Qu'allez-vous chercher ? C'est impossible ! Je suis une femme mariée, donc fidèle.

La naïveté de la jeune Turque amusa beaucoup Rosemonde.

— Eh bien, quand Herbert sera présent ici, regardez-le bien dans les yeux et vous le constaterez par vous-même.

— Que Dieu m'en garde ! Mon mari me suffit. Et je n'aimerai que lui.

Frida invitait ses amies chaque mercredi chez son père, au château de Vorembach. Cela lui permettait de revoir son père et de retrouver l'endroit où elle avait grandi. Aysu put donc faire la connaissance d'autres jeunes femmes, mariées ou non, résidant dans des châteaux voisins de celui d'Hoftenberg. La cuisinière leur préparait toujours d'excellents gâteaux et se plaisait à les régaler. Ensemble, elles discutaient et riaient tout en tirant l'aiguille ou en jouant aux dames. Début août, Rosemonde prétexta une légère indisposition afin de ne pas s'y rendre. Elle avait une autre idée en tête, beaucoup plus réjouissante pour elle. En réalité, cela lui permit d'aller frapper de nouveau à la porte du bureau de Quentin, en espérant qu'il ne fût pas absent. Elle avait pour adage : " *Seule, l'audace paie !* " Elle eut beaucoup de chance car, effectivement : le jeune homme se tenait là.

Lorsqu'elle entra, le jeune baron était plongé dans un grimoire qui avait été rédigé par l'oncle du duc de Sacht et relatant des événements qui s'étaient déroulés avant son décès. C'était fort instructif. Mais lorsqu'il releva la tête et aperçut Rosemonde, vêtue seulement d'une courte chemise qui cachait à peine ses cuisses bien galbées, son sang ne fit qu'un tour. Le même désir violent s'empara de lui, et, devinant qu'elle ne venait pas simplement pour le saluer, il se leva précipitamment et lui plaqua un baiser passionné sur la bouche, tout en la serrant très fortement contre lui. Puis, avec fougue, il lui arracha sa chemise pour contempler de nouveau ses seins pointus et arrogants, ainsi que sa taille fine et cambrée. De plaisir, elle le mordit dans le cou. Alors, la sentant chaude à point, il l'étendit sur le sofa, se dévêtit en un tournemain et la couvrit de baisers ardents tout le long de son corps enflammé. Puis, lorsque son désir se fut relâché, apaisé, il s'habilla en hâte et la couvrit d'un rideau qu'il arracha du mur. Mais elle se releva peu de temps après et lui dit, en se pendant à son cou :

– Mon chéri, c'était trop bon ! Venez, recommençons !

– Non, voyons. Nous finirons par nous faire remarquer.

– Alors, promettez-moi de venir me retrouver dans ma chambre chaque mercredi après-midi, pendant que les autres s'amusent entre elles. Je vous dégusterais bien volontiers…

Cette fois, Quentin n'eut pas le courage de s'y opposer. Il songea que son père, ainsi que de très nombreux seigneurs, n'hésitaient pas à se divertir auprès de leurs maîtresses. C'était aussi une façon d'affirmer leur importance et leur puissance aux yeux des autres hommes.

Et ce fut pourquoi, chaque mercredi du mois qui suivit, Quentin vint frapper discrètement à la porte de la chambre de Rosemonde. Celle-ci l'émerveillait toujours. Elle trouvait toutes sortes de jeux afin d'exciter son désir : tantôt elle portait une chemise transparente, tantôt elle avait pour tout vêtement des chaussures et une longue coiffe noire qui mettait en valeur la blancheur de sa peau, ainsi que sa chevelure ensoleillée. Cette passion était devenue indispensable pour Quentin.

Mais un malheureux contretemps vint tout gâcher.

Aysu, un jour où elle était revenue plus tôt que prévu dans son boudoir, avait reconnu la voix de son époux dans la chambre de Rosemonde. Elle était restée un instant pétrifiée sur place, incapable de bouger, puis elle dut se tenir au mur pour supporter ce choc. Elle avait bien pressenti quelque chose d'anormal dans le comportement de Quentin, mais elle avait choisi de se voiler la face. Pourtant, ce jour-là, elle dut bien admettre que son époux la trompait avec Rosemonde. Elle en conçut énormément de peine, mais elle fit en sorte de garder cela pour elle. Elle aimait trop son époux et craignait de le perdre en exprimant sa jalousie. Lorsqu'elle était seule, elle s'autorisait à verser des larmes abondantes et chaudes. Puis, elle allait s'agenouiller sur un prie-dieu pour offrir son chagrin au Divin : il lui semblait qu'après cela, elle trouvait davantage de force pour supporter cet affront sans se plaindre à personne.

◆ ◆ ◆

Quatrième Partie

La punition de Quentin

La Germanie avait été séparée en deux clans adverses : celui d'Otton IV de Brunswick qui gouvernait jusqu'à présent depuis 1198, et celui de Philippe de Souabe, qui espérait remporter la victoire et régner à sa place. Il y réussit d'ailleurs et, en 1206, il fut couronné par l'archevêque de Cologne.

Dès lors, le climat politique de la Germanie parut s'apaiser, après tant d'années de luttes meurtrières entre les deux partis rivaux. Le trésor de l'État, n'étant plus dilapidé par des guerres, permit un certain redressement sur le plan économique. De nombreux Francs vinrent s'installer là.

Cependant, certains seigneurs restèrent fidèles à Otton de Brunswick ou firent semblant de se soumettre au nouveau Roi. Ce fut le cas de Philippe de Menard, le frère de Thibaut. Comme il savait que Quentin de Lanicey avait guerroyé aux côtés d'Othon de Brunswick, il trouva un bon motif pour assouvir sa vengeance.

En janvier 1207, Quentin et Aysu résidaient toujours à Hoftenberg. Aysu se sentait entourée par ses nouvelles amies et semblait plus épanouie. Rosemonde étant retournée à Morenne, elle en fut soulagée car elle avait bien compris que cette jeune femme provocante et sans morale avait détourné Quentin. Elle avait gardé ses larmes au fond de son cœur, mais elle s'était juré de ne plus jamais l'inviter chez elle.

Rosemonde refusa de retourner auprès de son époux. Elle ne se sentait plus capable de vivre dans ce château après avoir perdu ses enfants. Il lui semblait que les murs résonnaient encore de leurs cris joyeux. Ils lui manquaient trop ! Irma au cœur tendre accepta le retour de sa fille parmi eux, à la forteresse de Morenne, et l'époux de Rosemonde en profita pour se séparer d'elle. Mais la jeune femme n'en fut pas mécontente, bien au contraire, car sa passion pour son cousin demeurait vive.

Quentin fut, lui aussi, soulagé par le départ de Rosemonde qui l'avait rendu fou de désir. Et, bien qu'il ne se passât pas un jour sans qu'il songeât à elle, il semblait redevenu plus serein.

En mars 1207, un cavalier inconnu se présenta devant les gardes de la forteresse de Lanicey. Ceux-ci l'avaient questionné :

– Qui vous envoie ici ?

– Je viens de la part du duc Eudes de Bourgogne, et je dois rencontrer le baron de Lanicey, le chef de ce fief, répondit-il fièrement.

– Dans ce cas, revenez un autre jour car il s'est absenté pour deux semaines.

– Non, cela ne m'est pas possible car je viens de loin. N'y a t-il pas un autre homme susceptible de le remplacer et de me recevoir à sa place ?

Les gardes se concertèrent puis déclarèrent qu'il pouvait être reçu par l'intendant du château.

– Fort bien ! Cela me conviendra .

Ils le laissèrent donc pénétrer dans la forteresse et ce seigneur inconnu fut conduit vers Ulric.

Ce dernier le reçut comme s'il était le chef du fief. Dans le fond, n'était-il pas le véritable chef puisqu'il conseillait Godefroy depuis des années ?

– Qu'avez-vous de si important à nous communiquer puisque vous êtes mandé par le duc de Bourgogne ? demanda l'homme sans âme.

– En fait, nous recherchons Quentin de Lanicey qui, je le suppose, doit résider chez son père.

Ulric l'examina de son regard fourbe, plissa son nez qui faisait songer à un bec d'aigle, et huma quelque chose de louche. Ce seigneur grand et fort, très imbu de lui-même, ne l'impressionnait pas, mais il flairait l'occasion de faire le mal.

– Non, répondit Ulric, Quentin de Lanicey n'habite plus ici. Si vous souhaitez connaître son adresse, je vous la donnerai à une condition.

L'inconnu finissait par s'impatienter :

– Laquelle ? En finirez-vous avec ces sous-entendus ?

– Je veux savoir pourquoi vous le recherchez. Avez-vous quelque chose à lui reprocher ?

Le cavalier inconnu laissa éclater sa haine :

– Il a commis un meurtre odieux et pour cela, il doit être puni. Je ne peux pas vous en dire davantage.

Les petits yeux d'Ulric brillèrent d'une joie mauvaise. Il détestait Quentin à cause de sa beauté, de sa jeunesse, de son assurance. Il songea qu'il méritait bien d'être puni. Godefroy s'était montré trop faible avec lui.

– Dans ce cas, je peux vous apprendre qu'il réside au château d'Hoftenberg, de l'autre côté du Rhin, non loin de Strasbourg. Mais ne dites pas que cette information vous vient de moi ! Et souvenez-vous que vous n'êtes pas passé ici..

– C'est entendu.

Le seigneur le remercia vivement puis le quitta, fort satisfait.

Un mois plus tard, Quentin rentrait de la chasse en compagnie de ses amis Herbert de Vorembach et Friedrich de Sassheim. Ils avaient tué puis ramené deux sangliers, ainsi que de nombreux oiseaux. Car il s'agissait d'augmenter les réserves de viande, celles-ci constituant leur principale nourriture en cette saison.

Il offrit à ses amis un verre de vin afin de les réchauffer. Après un hiver rigoureux et long, le printemps tardait à venir. Ils riaient et plaisantaient entre eux, lorsqu'en fin de matinée, Nicolas, l'intendant du château, annonça la visite d'un messager du duc de Bourgogne, escorté de trois soldats. Quentin fut surpris, ayant laissé tomber toute action politique. Le messager pénétra dans le salon où se tenaient les trois amis, fit le salut militaire, puis annonça d'une voix forte :

– Quentin de Lanicey, sur l'ordre du duc de Bourgogne, je vous arrête !

– Et pour quel motif ? s'insurgea le jeune baron, stupéfait.

– Vous avez guerroyé aux côtés d'Othon de Brunswick et participé à des actions dirigées contre Philippe de Souabe.

– Oui, je le reconnais, mais je suis actuellement soumis à notre nouveau Roi.

– Tsssssss ! Vous avez comploté contre lui, et cela constitue une grave erreur pour laquelle vous méritez d'être puni.

Il émit un long coup de sifflet et, immédiatement après, apparurent les trois soldats armés jusqu'aux dents. Quentin se leva prestement, mais où pouvait-il se cacher ? Il ne comprenait rien à cette situation. Puis, il réfléchit. Soudain il se souvint du frère de Thibaud de Menard qui avait eu connaissance de ses relations avec Otton de Brunswick. Et si c'était lui qui était parvenu jusqu'ici ? Il saisit son épée, et ses amis firent de même, afin de le soutenir. Puis, il répondit :

– Je ne crois pas un traître mot de ce que vous déclarez. Vous n'êtes pas un envoyé du duc de Bourgogne, mais plutôt Philippe de Menard.

Le visage du seigneur exprimait une haine farouche, comme celle d'un animal sauvage qui s'apprête à bondir sur sa proie.

– Oui. Et je pourrais vous tuer sur-le-champ, vociféra-t-il, mais je préfère vous voir souffrir, puis mourir à petit feu dans le cachot d'un château. Là, vous pourrez vous repentir du crime odieux que vous avez commis en assassinant mon frère.

Et il se précipita sur lui pour l'arrêter. Mais Quentin était agile : il saisit une table basse et la lança contre son ennemi. Sous le choc, celui-ci tomba à terre, mais se releva sans dommage et devint encore plus belliqueux :

– Ah ah ah ah ! Soldats, saisissez-le et mettez-lui des chaînes aux pieds et aux mains. Il ne doit pas s'échapper.

Tout en prononçant ces paroles, il plaça la pointe de son épée sous la gorge de Quentin. Puis, il se tourna vers ses amis :

– Vous autres, disparaissez, sinon vous subirez le même sort que ce monstre !

Herbert et Friedrich s'éloignèrent pour essayer de chercher du renfort et peut-être de délivrer Quentin. Mais lorsqu'ils revinrent, une demi- heure plus tard, accompagnés d'autres seigneurs voisins, il était trop tard. Leur ami avait disparu.

Lorsque Aysu apprit cette tragique arrestation, elle fut prise d'un grand désespoir. Elle aussi avait oublié la possible vengeance de Philippe de Menard. Et comment avait-il découvert que Quentin résidait à Hoftenberg ? Qui donc l'avait dénoncé ? Et qu'allait-elle devenir, seule avec son enfant âgé de trois ans ?

Elle se hâta d'écrire à Lidwine afin de lui apprendre cette affreuse nouvelle et surtout pour quémander de l'aide. En l'absence de son époux, elle se sentait incapable de vivre dans ce grand château qui l'avait toujours impressionnée. Elle sombra dans un état de tristesse tel, qu'elle refusa de manger et de sortir, malgré le soutien de Frida et de ses amies.

Le duc de Sacht, qui connaissait le véritable motif de cette arrestation, car Quentin s'était confié à lui, invita Aysu à venir résider de nouveau à Varois. Elle accepta volontiers et se sentit un peu rassurée.

Le cocher de Othon de Sacht vint chercher Aysu, son fils et sa nourrice en carriole. Les chemins étaient encore enneigés et la carriole se trouvait souvent enlisée dans des ornières. Les chevaux glissaient et avaient peur. L'un d'eux s'était blessé à une patte et avançait péniblement. Ils durent passer deux nuits dans des auberges de relais. Ce voyage s'était avéré très pénible, d'autant plus qu'il faisait très froid. Aysu serrait Simon contre son cœur. Elle ne savait si elle reverrait Quentin ; cet enfant représentait tout pour elle.

Lidwine l'accueillit avec bienveillance et s'employa à la réconforter :

– Cessez de vous tourmenter ainsi. Othon va contacter mon père, Godefroy de Lanicey, et, à eux deux, ils feront tout pour le retrouver.

– Ah ! Puissiez-vous dire vrai, Lidwine ! Vous êtes une sœur pour moi. Que Dieu vous bénisse, vous et votre famille.

Simon et Maxence s'entendirent à merveille pour jouer ensemble. Quant à Conrad, âgé de dix ans, il venait de terminer son stage d'apprentissage chez un autre seigneur. Ce stage était obligatoire pour tous les fils de la noblesse. C'était un fort beau garçon, bien taillé et possédant un caractère déjà très autoritaire, " *comme son grand-père* " ajoutait Lidwine en soupirant. Il était devenu un excellent cavalier, et pratiquait l'art du combat sous toutes ses formes, au cours desquelles il se montrait souvent vainqueur. Le duc était très fier de son fils aîné. Aysu se souvint que Conrad était déjà fiancé, depuis cinq ans, à la fillette d'un de leurs voisins de terres. Elle voulut le faire confirmer par sa belle-sœur :

– Est-ce que Conrad est toujours fiancé ?

– Non, malheureusement. Car cette enfant est décédée l'an dernier à la suite d'une importante fièvre que les potions n'ont pas réussi à soigner.

– Ah ! Comme c'est triste ! répondit la jeune baronne qui songeait également au décès des enfants de Rosemonde. Pourvu que Dieu m'épargne cette immense douleur, car je n'y survivrais pas...

Et ses beaux yeux sombres se remplirent de larmes.

– Oui, mais à présent nous nous entendons bien avec eux. Et nous faisons le maximum afin de les réconforter.

Ainsi entourée, la jeune femme supporta un peu mieux l'absence de son époux. Chaque soir, elle s'agenouillait humblement aux pieds de sa couche et priait Dieu avec ferveur afin qu'Il lui conservât la vie.

Le duc de Sacht s'était rendu chez son ami, Godefroy de Lanicey, afin de chercher à retrouver Quentin. Assis tous deux dans le cabinet de travail du sire, ils dégustaient une bonne bouteille des vignes de Bourgogne dont la robe était un tantinet amère, et ils bavardaient en buvant :

– Je pense, déclara Othon, que Quentin doit être retenu prisonnier dans un fort quelconque, et que nous devons agir assez vite pour le sortir de là.

– Oui-da, cher ami ! Je ne critique pas son acte de rébellion envers Thibaut de Menard, car il s'agissait d'un faux ami pour lui. Vous savez bien que la devise des barons de Lanicey est *" L'HONNEUR AVANT TOUTE CHOSE "* et il s'est montré digne de nos ancêtres.

– C'est vrai, mais actuellement, il est puni pour avoir commis ce crime, alors que tant d'autres seigneurs agissent comme lui, mais ne sont pas inquiétés par la loi. C'est cela qui n'est pas normal. Que pourrions-nous faire ?

Le sire avait déjà réfléchi de son côté et dit :

– Je sais ce que nous devons tenter dans un premier temps : il suffit de prendre rendez-vous auprès de notre suzerain, Eudes III de Bourgogne. Lui seul pourra nous renseigner puisque Philippe de Menard prétend avoir obtenu son accord afin de réaliser sa vengeance.

Le duc de Sacht, heureux, lui tapa sur l'épaule.

– Diantre ! dit-il, pourquoi n'y ai-je pas songé moi-même ? C'est effectivement, la meilleure solution. Puis-je vous accompagner dans cette démarche ?

– Absolument ! Et le plus tôt sera le mieux.

Puis, ils avaient trinqué de nouveau ensemble.

Ils avaient sollicité une audience auprès du duc de Bourgogne et celle-ci leur fut accordée. Le duc les reçut en son palais richement meublé et décoré. Il se montra affable avec eux car il connaissait leur bravoure, ainsi que leur bonne réputation. Il ne se souvenait pas, par contre, d'avoir soutenu la vengeance de Philippe de Menard. Était-ce vrai ou faux ? Il était impossible de le savoir, mais ce qui importait pour Godefroy et son ami, c'était de connaître le lieu où Quentin était retenu prisonnier. Le duc leur indiqua le fort d'Erguel, situé en Bourgogne. C'était là que les prisonniers étaient généralement retenus dans l'attente de leur jugement. Ils n'y séjournaient pas très longtemps. Les jugements qui avaient abouti, soit à une amende, soit à une relâche, soit à une condamnation à mort, étaient rendus assez rapidement

– Bien ! déclara le sire. Nous vous remercions pour ces précisions mais nous souhaitons le faire libérer dès que possible.

– Dans ce cas, répondit le duc d'un ton tranchant, il vous faudra verser une caution élevée. La loi est ainsi faite.

Godefroy sentit la colère bouillonner en lui car il trouvait cela injuste. En outre, il ne possédait plus assez d'argent pour régler cette caution qui, pour lui, représentait une rançon, en bonne et due forme. Mais il réussit tout de même à se maîtriser face à son suzerain. Seul son visage paraissait contrarié.

Lorsqu'ils eurent pris congé du duc de Bourgogne, sur le chemin du retour, le sire laissa franchement éclater sa colère.

– Je considère que c'est du vol ! D'autant plus que la plupart des seigneurs qui se sont rendus coupables de meurtres n'ont point été arrêtés ni emprisonnés !

– Allons, calmez-vous, lui dit Othon. Si vous ne pouvez pas régler cette somme, eh bien, c'est moi qui vais la verser. Je peux bien faire cela pour Quentin. Et au nom de notre longue amitié.

– Ah non, il n'en est pas question ! répondit Godefroy en tapant du pied. J'en serais profondément humilié. Vous savez bien que je suis un homme d'honneur. Non, je vais vendre une propriété.

– D'accord, poursuivit Othon, mais sachez que vous pourrez compter sur moi en cas de problème.

Depuis environ trois mois, Quentin se trouvait emprisonné dans le fort d'Erguel appartenant au Duc de Bourgogne. Il était construit sur un éperon rocheux, comme toute forteresse, défendu par deux ponts-levis et isolé de tout lieu d'habitation, afin d'éviter les évasions,

Des caves avaient bien souvent fait office de prisons dans les souterrains des forteresses. Les prisons seigneuriales contenaient peu de prisonniers. En effet, tout se trouvait à la charge financière du seigneur, y compris l'entretien des prisonniers, ainsi que le personnel pénitentiaire. Pour cette même raison, le temps d'instruction d'une simple affaire de vol était bouclé rapidement et le mécréant se trouvait rapidement libéré. Ou alors, si le détenu avait mérité la peine de mort, celle-ci ne tardait guère à être exécutée, le plus souvent par pendaison. Il s'agissait souvent de pauvres hères qui avait volé du bétail ou des denrées alimentaires.

En ce qui concernait les seigneurs, leur détention pouvait s'avérer rentable, en essayant de soutirer une rançon plus ou moins importante de la part de leur famille. C'est pourquoi le duc de Bourgogne n'avait pas fait libérer Quentin.

Durant cette période, Lidwine reçut un pli qui lui était adressé par Irma de Morenne. Tout le monde se réunit autour d'elle afin d'en prendre connaissance. Mais ce courrier annonçait une stupéfiante nouvelle, un grand bouleversement : Rosemonde était sur le point d'accoucher, dans le courant du mois de mai. Irma écrivait que sa fille était devenue radieuse car cette future naissance l'aidait beaucoup à faire le deuil de ses enfants décédés. La comtesse paraissait enchantée d'accueillir ce nouveau bébé.

– Quelle bonne nouvelle, effectivement ! s'écria Lidwine.

Aysu, qui se tenait à ses côtés, se mit à pâlir brusquement. Elle osa demander d'une voix tremblante d'émotion :

– A-t-elle dit qui est le père de ce bébé ?

– Non... Pourquoi me demandez-vous cela ?

Elle réfléchit un instant, puis ajouta :

– Cela me paraît curieux, car elle se trouvait à Hoftenberg au moment où elle est devenue grosse....

Aysu se sauva en pleurant et se retira dans sa chambre. Lidwine, surprise par cette réaction, vint la retrouver afin de comprendre pourquoi elle pleurait au lieu de se réjouir. Aysu était affalée sur sa couche et sanglotait désespérément. Ses magnifiques cheveux noirs étaient trempés de larmes et elle semblait inconsolable.

– Voyons, ma chère Aysu, que se passe-t-il ?

Au bout de trois minutes environ, la jeune femme réussit à s'exprimer, entre deux crises de larmes :

– Parce que je sais.. qui est le père.. de son enfant..

– Ah bon ? Qui est-ce ?

Dans un souffle, elle avoua ce qu'elle avait redouté le plus au monde :

– C'est Quentin !

Lidwine, stupéfaite, chercha à la réconforter :

62

– Cela m'étonnerait beaucoup car je connais bien la droiture de mon frère. Qu'allez-vous imaginer ? Elle a été courtisée par des seigneurs voisins de chez vous, et c'est sûrement l'un d'eux qui l'a mise en cet état.

– Évidemment, vous soutenez votre frère. Mais il est un homme et non pas un saint !

– Pourquoi soutenez-vous que Quentin est le père de ce bébé ? S'est-il montré infidèle durant le séjour de sa cousine à Hoftenberg ?

Aysu dut révéler ce qu'elle avait tenu caché au fond de son cœur et qui la torturait encore lorsqu'elle y songeait.

– Oui, j'avais découvert cette infidélité, mais je ne souhaitais pas perdre mon époux. C'est pourquoi j'avais gardé le silence.

Tous les habitants du manoir parurent consternés par cette nouvelle, car ils aimaient la jeune Turque bien plus que Rosemonde. Puis, Lidwine ne put s'empêcher de penser à son père : celui-ci, ainsi que la plupart des ses amis seigneurs, ne s'était pas révélé un modèle de vertu. Pourquoi Quentin se serait-il comporté différemment ? Aysu resta cloîtrée dans sa chambre et refusa de venir les retrouver au repas du soir. À présent, elle se sentait envahie de honte, et préférait se retrancher dans la solitude. Seule, elle pouvait mieux rassembler ses esprits et retrouver un semblant de calme.

Le duc de Sacht décida de rendre visite à Quentin dans sa prison afin d'avoir une discussion d'homme à homme avec lui, mais Aysu s'y opposa. À présent qu'elle avait dévoilé son secret, la jeune femme éprouvait de l'amertume et de la rancœur à l'égard de son époux qu'elle avait tant aimé ! Elle resta ainsi enfermée durant trois jours, refusant de voir quiconque. Et comme elle ne s'alimentait pas non plus, elle devint très faible. Son fils, âgé de trois ans, la réclamait souvent, mais elle refusa également de le voir afin de ne pas l'attrister.

Lidwine alla trouver le prêtre qui officiait dans leur paroisse et le supplia de venir rendre visite à sa jeune belle-sœur qui se mourait de chagrin. C'était un jeune abbé qui provenait d'une famille aisée mais qui avait fait vœu d'humilité et de pauvreté. Aysu accepta de le recevoir ; elle ne pouvait pas refuser d'ouvrir sa porte à un représentant de Dieu sur terre, étant très croyante.

– Ma fille, lui dit le prêtre, j'ai appris que la souffrance vous ronge, et je suis ici pour tenter de vous réconforter.

– Soyez le bienvenu, mon Père. J'ai tant besoin du secours de Dieu !

– Dans ce cas, Celui-ci vous viendra en aide, j'en suis certain car il sait reconnaître les âmes pures comme la vôtre.

Alors, elle se jeta à ses genoux.

– Bénissez-moi, mon Père et je me sentirai plus forte.

Il fit un large signe de croix au-dessus de sa tête et murmura des prières tout bas. Il invoqua le Divin afin qu'il eût pitié de cette jeune dame qui se trouvait dans le désarroi. Aysu demeura ainsi courbée à ses pieds pendant cinq bonnes minutes, écoutant battre son cœur. Lorsqu'elle releva la tête, elle ressentit un sentiment d'apaisement. C'était comme si la nuit débouchait sur l'aube, une aube nouvelle qui l'inondait peu à peu de lumière et de force.

Puis, ils discutèrent un long moment tous les deux. Aysu lui confia son chagrin et le prêtre l'exhorta néanmoins à pardonner à son époux. Mais elle secoua tristement la tête :

– Je ne peux pas encore lui pardonner pour l'instant. Veuillez m'en excuser.

– Alors, je vais prier pour vous.

Lorsque le prêtre la quitta, la jeune femme se sentit épuisée mais plus sereine.

Othon de Sacht ne tint pas compte de l'avis d'Aysu et décida d'aller rendre visite à Quentin dans sa prison. Il avait obtenu l'autorisation du maire d'Erguel, car c'était lui qui gérait tout ce qui concernait les prisonniers.

Il emporta une besace remplie de nourriture car il savait que ceux-ci ne mangeaient pas toujours à leur faim. Arrivé auprès des gardes qui surveillaient la prison, il montra le pli qui l'autorisait à rentrer. Puis, un garde le conduisit jusqu'au sous-sol de la forteresse par un escalier qui tournait en colimaçon et ouvrit la porte coulissante qui enfermait son malheureux beau-frère.

Quelle ne fut pas sa stupéfaction lorsqu'il reconnut, assis sur un banc de pierre, dans cette cave à peine éclairée, l'ombre de Quentin ! Il le distinguait mal d'autant plus que celui-ci avait beaucoup changé depuis son arrestation. Le jeune baron de Lanicey, enfermé depuis trois mois, apparut fort triste sous une chevelure et une barbe qui avaient beaucoup poussé. Ses joues creuses révélaient qu'il n'était pas nourri correctement et son regard était fiévreux.

Lorsque Quentin reconnut Othon, il poussa un tel cri de joie que le duc en fut profondément ému. Il alla s'asseoir à ses côtés, sur le banc pierreux et lui donna une grande accolade.

– Ah ! Comme je suis heureux, Othon, de vous voir ici ! Savez-vous quelque chose concernant ma sortie ? Je n'en peux plus d'être cloîtré dans ce caveau humide et sombre.

– Malheureusement non, mais je vais faire en sorte de vous libérer très vite. Vous ne méritiez pas une telle punition, même si vous avez occis Thibaud de Menard. Combien de seigneurs se battent en duel et ne sont pas emprisonnés lorsqu'ils tuent leur adversaire ! Ce n'est pas normal.

– Oh oui ! Par pitié, sortez-moi de là ! Faut-il payer une rançon ?

– Oui, répondit Othon, c'est ce qu'exige le duc de Bourgogne. Et je me demande s'il ne la réclame pas pour dédommager Brunilde de Menard.

– Est-elle importante ? J'espère que mon père sera en mesure de la verser.

Le duc de Sacht ne voulut pas lui dire que Godefroy n'en avait pas les moyens, afin de ne pas le décourager. Il lui déclara.

– Ne vous inquiétez pas pour cela. Nous nous sommes arrangés tous les deux et cette rançon sera versée rapidement. Par contre, j'ai un autre sujet à vous entretenir qui ne va vous réjouir en aucune façon... mais dont je dois tout de même vous informer.

Quentin devint pâle. Qu'allait-il apprendre encore ? N'était-il pas suffisamment accablé par le destin ?

– Dites-moi, je vous prie, quel malheur va encore s'abattre sur moi ? demanda-t-il d'une voix inquiète.

En quelques phrases, Othon lui apprit la situation embarrassante de sa cousine Rosemonde, et surtout la réaction d'Aysu qui le soupçonnait d'être le père de ce petit bâtard. Quentin se montra surpris, mais non pas en colère contre sa cousine.

– À vous, cher Othon, je peux l'avouer : oui, je suis probablement le père de cet enfant, et je n'en ai pas honte.

Le duc se leva d'un bond, visiblement choqué par cet aveu.

– Comment osez-vous dire une chose pareille ! Avez-vous pensé à Aysu qui en souffre énormément ?

Le jeune homme comprenait le chagrin de son épouse, mais Rosemonde l'avait réellement ensorcelé et il n'avait pas réussi à oublier ces instants de folie passionnée qu'il avait vécus entre ses bras.

– Othon, mon ami, ne me jugez pas mal. Rosemonde est une sorcière et je ne peux pas lui échapper...

– Qu'allez-vous faire alors ?

– Je n'en sais rien encore, mais ce qui est le plus important pour moi, c'est de sortir de cette maudite prison. Pouvez-vous encore m'assurer que la rançon sera versée ?

Le duc certifia que celle-ci serait versée rapidement. Alors, Quentin se détendit un peu et reprit espoir. Il se leva à son tour et serra les mains du duc de Sacht avec effusion pour le remercier.

Le 12 mai 1207, Rosemonde accoucha sans problèmes car il s'agissait de sa troisième grossesse. La matrone déposa une jolie petite fille entre ses bras, après avoir accompli les soins destinés au bébé. La jeune femme, bien que fatiguée, ne se lassait pas de contempler cette fillette qui ressemblait déjà à son père : elle possédait ses cheveux dorés et ses yeux bleus. Elle ne se montra pas déçue d'avoir donné naissance à une fille car celle-ci lui ferait moins songer à ses garçons décédés. Elle décida de l'appeler Florine car ce bébé possédait la délicatesse et la grâce d'une fleur.

Lorsqu'un cavalier se présenta à Varois pour annoncer cette naissance, les habitants du château s'abstinrent de se réjouir pour ne pas offenser Aysu. Mais, depuis le passage du prêtre auprès d'elle, la jeune femme paraissait plus sereine, ou du moins, elle savait dissimuler sa peine. L'annonce de cette naissance ravivait sa souffrance, certes, mais sa rivale n'avait mis au monde qu'une fille… Et puis, elle avait pris la décision, après avoir beaucoup réfléchi, de partir avec son fils en Cappadoce afin de présenter Simon à son père. Ce dernier était très âgé et elle souhaitait lui présenter son petit-fils avant son ultime voyage de fin de vie.

Lorsqu'elle osa dévoiler ce souhait à Lidwine, celle-ci ne put s'empêcher de s'écrier :

– Comment ! Vous souhaitez partir alors que Quentin se morfond en prison ?

– J'en suis bien triste pour lui, mais j'ai besoin de revoir mon pays, à présent que je me sens plus forte. Et puis, il n'a pas hésité à me tromper, alors je peux m'absenter afin de revoir mon père avant que la mort ne l'emporte.

– Je peux comprendre cela, rétorqua Lidwine, mais pourquoi n'attendez-vous pas son retour parmi nous ?

En baissant la tête, Aysu répondit :

– Nous ne savons pas encore quand il sera délivré.

– Mais une fois arrivée là-bas, vous retrouverez vos anciennes coutumes. Est-ce que vous reviendrez en Germanie ?

– Oui, je le pense. Mais tout dépendra des sentiments que Quentin éprouvera à mon égard. Car j'ignore s'il m'aime encore…

– Devons-nous considérer cela comme une vengeance de votre part ?

– Oh non ! Point du tout ! assura-t-elle.

Mais au fond d'elle-même, elle savait qu'elle ne faisait plus confiance à Quentin, même si son amour pour lui demeurait.

– Souvenez-vous que l'Église n'accepte pas le divorce, lui rappela Lidwine.

– Oui, je le sais, et ce n'est point mon intention.

Un bateau s'apprêtait à partir pour l'Orient dans une semaine, depuis la ville de Venise. Aysu prépara ses affaires, ainsi que celles de son fils, avec fébrilité. Il lui tardait tant de revoir son cher pays encadré par la mer et bercé par ses flots ! Elle partait avec Florimond qui était chargé de la protéger. Elle remercia chaleureusement le duc de Sacht et serra Lidwine fortement contre son cœur. Puis, elle s'éloigna, la mort dans l'âme…

Le duc de Sacht s'était rendu à Lanicey afin de s'entendre avec le sire pour faire libérer son fils de prison. Il lui avait décrit l'état lamentable dans lequel se trouvait Quentin. Il fallait le tirer de là au plus vite.

Othon proposa à son ami de payer la rançon nécessaire à la libération du jeune homme, car cela représentait une somme très importante et il n'ignorait pas que Godefroy se pouvait pas régler cette somme. Mais le sire maintint son refus.

– Ne vous ai-je pas déjà expliqué que c'était humiliant pour moi d'accepter votre proposition, qui vous honore, certes, mais qui ne me convient pas ?

– Pourtant, c'est au nom de notre longue amitié, insista Othon.

– Tss tss tss ! répliqua le sire en levant les bras au ciel. De mon côté, j'ai réfléchi et voilà ce que j'ai décidé : j'ai l'intention de vous vendre un terrain qui est situé en direction de vos terres. Il est fertile, donc il vous rapportera de l'argent. Qu'en pensez-vous ?

Le duc de Sacht, connaissant le caractère emporté et opiniâtre de son ami, n'osa pas refuser. Et puis, l'essentiel était de payer cette rançon afin de délivrer Quentin au plus vite.

– Très bien ! Cela me conviendra, répondit-il.

La vente se fit rapidement car ce terrain ne comprenait pas de village. Il se composait essentiellement de bois et de champs à cultiver. En outre, il était agrémenté d'un bel étang poissonneux.

Ensuite, les deux amis se rendirent auprès du duc de Bourgogne qui prit la rançon et rédigea un pli ordonnant au maire du fort d'Erguel de libérer le jeune baron de Lanicey.

Ce fut Othon de Sacht qui attendit Quentin à sa sortie de prison. Le jeune homme n'était plus habitué à la lumière vive du soleil et il dut se protéger les yeux du revers de la main. Il aspira l'air pur goulûment et se sentit revivre. Que la vie était belle ! Une sorte d'ivresse l'envahit, il était ivre de liberté.

Othon le ramena à Varois dans sa carriole pour que sa sœur l'entoure d'affection et de bons soins. Il en avait bien besoin. Il dut néanmoins le prévenir du départ de son épouse et de son fils pour le Moyen-Orient. Quentin se montra fort mécontent de cette brusque décision prise par Aysu. Il aurait souhaité la revoir afin d'avoir une explication sensée avec elle.

– Il faut la comprendre, essaya de plaider Othon. Elle a été si malheureuse en apprenant la naissance de l'enfant de Rosemonde ! Elle vous aimait de toute son âme, qui était pure...

– Mais si elle m'aimait, comme vous le prétendez, pourquoi est-elle partie sans même chercher à me revoir ? Une dame ne doit pas quitter son époux sans le consulter préalablement, car elle dépend de lui. C'est une faute grave de la part d'Aysu.

– Que voulez-vous, mon ami, elle n'ignorait pas votre liaison avec Rosemonde.

– Et alors ? Combien de dames acceptent l'infidélité de leurs époux ? Celles-ci font preuve de grandeur d'âme et de sagesse.

– Dois-je comprendre que vous ne lui avez pas pardonné ce départ, un peu précipité, il est vrai ?

Quentin garda le silence. Aysu était partie sans son accord. C'était une question d'honneur, tout simplement car Aysu l'avait trahi, elle aussi, mais d'une autre manière que lui. Et c'était inconcevable pour lui.

◆ ◆ ◆

Cinquième partie

À Lanicey

Quentin ne souhaita pas retourner à Hoftenberg car ce château lui aurait rappelé de trop mauvais souvenirs : son arrestation injuste et imprévue qui avait fait basculer sa vie dans l'horreur, puis le départ ou plutôt la fuite d'Aysu, emportant avec elle son fils, le seul être à qui il tenait vraiment. Pourtant, la jeune femme lui avait assuré, le jour de leur mariage, qu'ils ne se sépareraient jamais.

Il demanda à son ami, le comte Herbert de Vorembach, de veiller sur ses terres ainsi que sur les habitants des villages qui dépendaient de lui. Herbert accepta volontiers.

Après avoir séjourné environ quinze jours à Varois, Quentin préféra retourner vivre chez son père, à Lanicey. Là, il se sentait véritablement compris et soutenu car, pour le sire, malgré sa cruauté, l'honneur primait sur toute chose.

Dans le courant du mois de juillet 1207, les gardes de la forteresse de Lanicey reçurent le jeune baron avec joie, et l'un d'eux vint avertir leur maître de son retour. Godefroy quitta son cabinet de travail et descendit dans la salle d'armes où se tenait son fils. Il lui donna une forte accolade en guise de bienvenue.

– Vous voilà enfin libéré ! Mordiable ! Que vous êtes amaigri !

– Mais je vais faire bonne chère ici, grâce au talent de vos cuisiniers et je suis certain de reprendre des forces.

– Oui-da, voilà que vous me suggérez une idée. Je vais organiser un banquet avec tous mes amis pour fêter votre retour ici. Qu'en dites-vous ?

– J'en serai ravi, répondit Quentin, mais à une condition toutefois : je désirerais inviter ma cousine Rosemonde.

Le sire n'appréciait pas sa nièce, car elle lui faisait trop songer à Mahaut et, bien que celle-ci fut décédée de longue date, il éprouvait toujours une haine sourde lorsqu'il lui arrivait, très rarement, de penser à sa défunte épouse.

– Ah non ! Vous n'ignorez pas que je suis en froid avec ses parents. Vous pouvez la voir en dehors de chez moi. Et restons-en là !

Quentin, la rage au cœur, dut s'incliner car il ne pouvait pas se permettre de se quereller avec son père le jour de son retour chez lui. Mais il songea amèrement que celui-ci ne s'était guère bonifié malgré son âge vénérable.

À ce banquet ne furent donc conviés que les amis de Godefroy, ainsi que leurs familles.

Le marquis d'Attrans arriva avec ses cinq filles et ses petits-enfants, le duc de la Fouchardière fut accompagné par sa nouvelle épouse, la précédente étant décédée d'une maladie des poumons. Le comte de Palindrey amena son épouse et ses enfants, à l'exception de Charlotte qui avait enfin accepté d'épouser Friedrich de Sassheim.

Comme d'habitude, Godefroy avait engagé des acrobates et des ménestrels pour divertir ses invités entre chaque plat. Les dames étincelaient sous les flambeaux grâce à leurs étoffes rutilantes et à leurs nombreux bijoux offerts par leurs époux. Quentin fut très heureux de retrouver ses amis d'autrefois.

Une jeune femme attira les regards de Godefroy et il sut immédiatement pourquoi : sa longue chevelure sombre qu'il devinait sous son voile, sa peau dorée et sa taille élancée firent surgir en son esprit l'image d'Aliénor. Il s'agissait de la troisième fille du marquis d'Attrans, veuve depuis trois ans et n'ayant pas d'enfant. Elle avait beaucoup embelli malgré la disparition de son conjoint, abattu lors d'une bataille aux côtés de Philippe de Souabe. Mélisande de Ravisky, bien qu'elle fût âgée de vingt-cinq ans, possédait la fraîcheur d'une jeune vierge. Le sire se sentit soudain tout émoustillé, mais il ne laissa rien paraître de son humeur joyeuse. Au moment du départ de Mélisande, une fois la fête terminée, il se permit, en lui faisant un baisemain, d'appuyer ses lèvres sur main fine, alors qu'il n'aurait pas dû la toucher. La jeune femme frissonna à ce contact imprévu et non conforme aux bons usages, mais elle ne retira pas sa main précipitamment. Et le sire s'en réjouit.

La vie reprit ensuite son cours habituel. Quentin aidait son père à gouverner le domaine. C'était lui qui était chargé de surveiller les paysans qui, en plein cœur de l'été, fauchaient les blés. Si les récoltes étaient bonnes, tout le monde pourrait fabriquer du pain, et cette perspective donnait du cœur à l'ouvrage aux pauvres hères fourbus qui travaillaient sans relâche. Même s'ils donnaient les trois-quarts de leurs récoltes à Godefroy, ils conservaient un peu de blé et de maïs pour nourrir leurs nombreuses familles. L'an passé fut catastrophique, car il avait beaucoup trop plu et les blés n'avaient pas pu mûrir. Il s'était ensuivi une période de famine chez les paysans, car ils ne possédaient plus assez de récoltes pour eux-mêmes.

Quentin galopait également chaque matin dans la campagne environnante, comme son père le faisait depuis longtemps. Il se saoulait de travail et d'air pur pour tenter d'oublier l'absence de son épouse et de son fils. En fait, Aysu ne lui manquait pas, car il pouvait aisément trouver des maîtresses sans avoir recours aux prostituées. Et puis, il restait attaché à Rosemonde. Il avait fière allure et il était sûr de sa séduction. Mais il ne supportait pas la séparation d'avec le petit Simon.

Un jour qu'il prenait son repas seul avec son père, Quentin exprima son chagrin de ne plus voir son fils gambader à ses côtés. Godefroy fixa son fils avec un regard félin et lui déclara :

– Si je me trouvais à votre place, je n'hésiterais pas à faire enlever cet enfant. Car il représente votre unique héritier. Et puis, il n'est pas bon qu'un garçon soit élevé par sa mère. Cela ferait de lui une poule mouillée !

Quentin resta bouche bée dans un premier temps, puis il réagit :

– Croyez-vous donc que sa mère ne reviendra pas ?

– Elle ne reviendra que si vous lui en donnez l'ordre, car elle vous doit obéissance, ne l'oubliez pas. Désirez-vous la rappeler ici ?

– Je ne sais pas encore, répondit le jeune homme après une courte réflexion, car, à présent, c'est Rosemonde qui habite en mon cœur. Il est fort dommage que l'Église ait interdit le divorce !

Le sire s'écria d'un ton railleur :

– Ventrebleu ! Qu'avez-vous à faire de l'Église ! Menez votre vie comme bon vous semble et vous serez heureux.

Quentin ne répondit rien : il songeait au corps voluptueux de Rosemonde et à son ardent désir de la posséder de nouveau.

– M'avez-vous entendu ? s'impatienta Godefroy.

Quentin fit un effort pour émerger de sa rêverie sensuelle.

– Oui, Père ! J'ai bien compris ce qu'il me reste à faire : je vais organiser l'enlèvement de Simon.

– Ah ! Voilà qui est digne d'un baron de Lanicey ! dit le sire en se frottant les mains. Tendez votre coupe et partageons ce bon vin.

Quentin avait d'abord songé qu'il lui serait difficile de faire enlever son fils, car il savait qu'Aysu se séparait rarement de Simon. Pourtant, la maison de son père, en Cappadoce, était très vaste et il suffisait d'un bref instant d'inattention pour que l'enfant disparût. Mais à qui pouvait-il confier cette délicate mission ? Car il était hors de question qu'il se rendît là-bas en personne : c'eût été un aveu de faiblesse. Il lui fallait trouver un homme digne de confiance, sur qui il pouvait compter. Quelqu'un de sérieux, mais qui possédait aussi de l'audace et de la ruse pour agir sans se faire prendre. Évidemment, il lui verserait de l'argent en conséquence, car cet enlèvement pourrait mal se dérouler si cet homme échouait dans sa mission. Sa vie serait même en danger si on le soupçonnait ou si on le retrouvait en train de fuir avec Simon...

Le jeune homme pensa aux quelques amis de la Croisade, qui s'étaient établis à Constantinople ou aux alentours de cette ville ; ils n'étaient pas nombreux. Finalement, il finit par choisir le jeune comte Étienne de Chabrerie. Il lui semblait que cet ami, qui avait combattu à ses côtés avec tant de bravoure, serait capable d'effectuer cet enlèvement avec prudence et discrétion. Après quelques jours de réflexion, il décida de lui écrire la lettre suivante :

Cher Étienne,

Je me permets de me rappeler à votre bon souvenir lors de la quatrième Croisade que nous avons effectuée ensemble. Là, j'ai pu admirer votre bravoure et votre hardiesse.

Que devenez-vous à présent ? Peut-être avez-vous épousé, comme moi, une joie dame de ce magnifique pays ? Malheureusement pour moi, j'ai commis une faute que mon épouse ne m'a pas pardonnée. Et elle est repartie en Cappadoce, pour vivre chez son père, un vieil aristocrate qui habite dans un village en bordure de la mer Égée, entraînant avec elle notre fils âgé de trois ans.

Si je vous écris, c'est pour requérir votre aide à ce sujet : j'ai conçu le projet de faire ramener mon fils en Germanie car sa place est ici, et non pas en Orient. Et j'ai estimé que vous étiez le seul homme capable de réaliser cet exploit. Il s'agit d'enlever Simon à sa mère, naturellement sans qu'elle s'en aperçoive. Je sais combien cet acte est périlleux, mais j'ai confiance en votre amitié et en votre bravoure. Il est de mon devoir de reprendre mon fils, car c'est lui qui me succèdera plus tard. J'espère que vous me comprendrez.

Si vous acceptez de m'aider, sachez que je vous en serai éternellement reconnaissant.

Je vous ferai parvenir ultérieurement le plan de la maison où se trouve mon épouse. Et je vous verserai une somme d'argent assez conséquente pour réaliser cette action de justice.

Dans l'attente de votre réponse que j'ose espérer positive, croyez en mes amicales et bienveillantes pensées.

Quentin de Lanicey

Si un homme n'avait été nullement enchanté du retour de Quentin à Lanicey, c'était bien Ulric, l'intendant de la forteresse. D'abord, il était férocement jaloux de la beauté insolente du jeune homme qui plaisait sans effort aux nobles dames. Et d'autre part, son rapprochement avec son père lui déplaisait énormément, car Godefroy se laissait moins gouverner par lui-même. Il avait tendance à écouter son fils plutôt que lui. Tandis qu'il prenait de l'âge, la laideur d'Ulric devenait repoussante. Ses joues flasques pendaient de chaque côté de sa bouche lippue, ses petits yeux noirs se renfonçaient davantage sous d'épais sourcils blancs, et son nez rouge trahissait son énorme penchant pour l'alcool.

Lorsqu'elles l'apercevaient, certaines servantes hâtaient le pas afin de ne pas le rencontrer, car il leur pinçait les fesses en passant. Ulric avait bien remarqué leur répulsion. Alors, pour se venger, il allait se plaindre de leur mauvais travail auprès du sire. Ce dernier, évidemment, ne tardait pas à les renvoyer, ce qui le comblait de méchante joie.

Un jour, il surprit une conversation entre Godefroy et son fils, alors que ceux-ci rentraient d'une partie de chasse et ramenaient leurs chevaux à l'écurie. Quentin disait :

– Ah ! Si je pouvais tenir celui qui a indiqué mon adresse à ce monstre de Philippe de Ménard, je vous assure que je le pourfendrais de bon cœur !

– Peut-être l'a-t-il appris tout simplement par le duc de Bourgogne ? répondit le sire. Il est entouré de sbires qui sont chargés d'enquêter pour lui.

– C'est drôle, je n'y crois pas trop. Il doit exister quelqu'un qui m'a dénoncé, mais qui ? Est-ce un homme d'ici ?

– Je ne le pense pas. À Lanicey, personne n'a intérêt à vous causer du tort.

Ulric, qui se tenait caché dans un recoin de l'écurie, ne broncha pas. Mais il savait à quoi s'en tenir.

Le jeune homme se rendit auprès des gardes de la forteresse et les interrogea. L'un d'eux se souvenait qu'un seigneur étranger s'était présenté devant le pont-levis afin de rencontrer le seigneur des lieux. Mais comme le sire était absent, s'étant rendu chez un ami à cette époque, et face à l'insistance de ce cavalier, ils l'avaient laissé entrer et lui avaient conseillé de se présenter à Ulric.

– Bien ! répondit Quentin. Dans ce cas, je vais questionner l'intendant.

Il convoqua l'ancien serviteur dans son propre cabinet de travail, situé à côté de celui de son père. Ulric arriva, comme d'habitude, silencieusement. Aussitôt, le jeune homme le saisit par le col de son sarrau en grosse toile grise, et le tira jusqu'à une chaise.

– Dis-moi, questionna Quentin sans préambule, j'ai appris par un garde que tu avais reçu un cavalier étranger à la place de mon père lorsqu'il s'était absenté, il y a six mois de cela. Est-ce vrai ?

Ulric se moucha bruyamment et longtemps, car cela lui permettait de réfléchir un peu.

– Ah oui ! Diantre ! Mais pourquoi désirez-vous savoir cela ?

– Eh bien, pour la bonne raison que je te soupçonne de lui avoir donné mon adresse à Hoftenberg. C'est toi qui m'as trahi !

L'intendant se leva d'un bond comme si une mouche l'avait piqué, mais répondit le plus calmement possible :

– Non ! Décidément, vous êtes aveuglé par votre inconscience. Pourquoi lui aurais-je indiqué votre adresse ? Je ne m'occupe pas de vos affaires.

– Cela ne m'étonnerait pas, car, contrairement à tes dires, je sais que tu fourres toujours ton nez là où il ne le faut pas !

Ulric, pour une fois, éprouva une grande difficulté à rester de marbre, mais il y parvint et rétorqua :

– C'est de la pure calomnie !

– Comment ? Tu oses m'insulter en me traitant de menteur ? s'écria le jeune baron dont la colère commençait à monter.

– Mais laissez-moi parler à mon tour !

Quentin se résolut à l'écouter. Qu'allait-il donc inventer ?

– Seigneur, il est vrai qu'un cavalier étranger s'est présenté à moi, mais il s'agissait d'un ami de votre père qui avait guerroyé avec lui autrefois et qui désirait le revoir. D'ailleurs, il est revenu quinze jours plus tard et mon maître l'a reçu avec joie.

– De qui s'agissait-il ?

– J'ai oublié son nom et j'en suis profondément navré.

L'intendant paraissait tellement sincère que le jeune homme sentit sa colère le quitter.

– Bien ! Dans ce cas, disparais de ma vue, et vite !

Ulric ne se fit pas prier pour s'esquiver. Décidément, il ne supportait plus l'arrogance de Quentin. Il songea qu'il était devenu autoritaire, imbu de lui-même comme son père et peut-être même davantage.

Trois jours plus tard, un garde grimpa jusqu'au cabinet de travail du sire, essoufflé et visiblement affolé. Il était environ six heures du matin, car le jour commençait à poindre.

– Holà ! bougonna Godefroy, qui t'as permis de te présenter à moi sans rendez-vous et si tôt le matin ?

– Pardonnez-moi, Sire. Je viens vous apprendre... Oh je suis trop ému ! Vous apprendre que Justin, qui effectuait la garde sur la tour de ronde ce matin... on l'a retrouvé mort, écrasé en bas de la tour ! C'est affreux ! Venez juger par vous-même.

Intrigué, le sire le suivit, descendit jusqu'à la cour et aperçut effectivement sur le sol un amas dégoulinant de sang, une chose informe, inerte et presque réduite en bouillie. Cet homme avait chuté depuis le haut de la tour qui était très élevée.

– Comment diable a-t-il fait pour en arriver là ? A-t-il sauté de lui-même ? questionna le sire, tout en restant maître de lui. Il avait vu tant d'hommes morts au cours de sa vie que cet horrible spectacle ne l'avait pas impressionné !

– Personne ne sait ce qui s'est passé, expliqua le chef des gardes, arrivé sur les lieux à ce moment-là.

– De qui s'agit-il ?

– C'est le jeune Justin Lagace, le fils du garde-forestier que vous aviez embauché il y a environ un an. Il n'avait que vingt ans.

– Que voulez-vous, c'était son destin ! déclara Godefroy sans manifester la moindre émotion.

Mais le chef des gardes hocha la tête.

– Sire, je ne partage pas votre avis. Justin n'avait pas envie de se suicider : il était jeune et aimait la vie. Je pense plutôt qu'un homme mal intentionné a dû le faire basculer dans le vide pour s'en débarrasser.

– Allons ! Allons ! Vous ne manquez pas d'imagination. Je ne vois vraiment pas qui aurait pu agir de la sorte.

Et ainsi l'affaire fut close. Aucune enquête ne fut effectuée. Mais lorsque Godefroy raconta cet accident à son fils, au cours du repas de midi, celui-ci faillit s'étrangler en avalant un morceau de poulet. Une fois remis de son émotion, Quentin expliqua:

– Père ! Moi aussi, je connaissais ce jeune garde : c'est justement celui qui m'avait renseigné au sujet du cavalier étranger qui s'était présenté ici durant votre absence, il y a environ six mois de cela.

Il songea également que ce garde ne risquerait plus de remettre en cause les déclarations d'Ulric, mais il garda cette réflexion pour lui. Il préférait continuer à épier l'intendant... et mener ses propres investigations.

La forteresse de Morenne était assez éloignée de celle de Lanicey et, dès que Quentin bénéficiait d'un jour de liberté, il galopait jusqu'à Morenne, le cœur en fête, car il allait retrouver sa cousine.

Rosemonde avait réintégré son appartement de jeune fille, ce qui la ravissait car elle avait eu l'impression de rajeunir. Le jeune baron la contemplait toujours avec émerveillement, car il semblait que le temps n'avait eu aucune prise sur elle. Son rire joyeux, son teint frais et la grâce exquise de son corps, tout cela le subjuguait encore. Lorsqu'il arrivait, elle le conduisait d'abord vers le berceau de leur fille. Cette petite fleur qui ressemblait à un bouton de rose, promettait d'être très jolie. Quentin aurait préféré que ce bébé fût un garçon, mais Simon lui reviendrait bientôt et tout allait rentrer dans l'ordre.

Ensuite, elle l'enlaçait tendrement pour l'attirer jusqu'à sa couche. Et, comme l'an passé, il la dévêtait en toute hâte pour profiter du spectacle de son corps, plus épanoui encore depuis sa récente maternité. Il aimait la caresser longtemps pour la faire frissonner de désir. Après l'amour, Il se sentait si pleinement heureux qu'il éprouvait toujours du mal à séparer son corps du sien.

– Vous m'avez sûrement envoûté, lui disait-il parfois.

Alors, elle riait d'une façon provocante, en rejetant sa tête en arrière, d'un rire qui cascadait et il riait avec elle.

– Oui, pour vous, j'ai vendu mon âme au diable ! Et il ne me l'a pas rendue.

Son oncle, Jean de Morenne, accueillait toujours Quentin avec plaisir. Un jour qu'ils se trouvaient attablés tous deux devant une bonne bouteille de vin, Rosemonde s'étant rendue auprès de sa fillette, il lui déclara :

– Je suis ravi que ce bébé scelle notre amitié, mais je me permets de vous poser une question qui me taraude depuis sa naissance : avez-vous l'intention de reconnaître votre fille ou non ? Vous n'ignorez pas qu'une dame qui donne naissance à un enfant sans père est mise au ban de la société.

Quentin s'attendait à cette question, car il avait déjà réfléchi à ce sujet. Il se sentait partagé entre le désir de la reconnaître et la peur des ragots qui iraient bon train.

– Si cela ne tenait qu'à moi, répondit-il enfin, je dirais " oui " sans hésiter. Mais vous connaissez mon père ! Je pense qu'il n'acceptera jamais que j'effectue cette démarche. Car il a conservé de la rancœur vis-à-vis de votre famille, ce que j'estime vraiment ridicule.

– Vous ne pourrez pas le changer, certes. Mais vous êtes majeur et libre d'agir sans le consentement de votre père. D'autre part, vous n'êtes pas obligé de l'en informer.

– Oui, vous avez raison, mon oncle ! Et je suis certain que Rosemonde en sera ravie. Quelles démarches dois-je effectuer ?

– Je crois qu'il suffit de mander le prêtre qui a baptisé l'enfant. Il officie dans le village de Morenne. Ce sont les prêtres qui tiennent les registres des baptêmes.

– Je vais réfléchir à cela, déclara le jeune homme, et je vous préviendrai quand je pourrai me libérer de mon travail.

– C'est entendu, et je vous en remercie par avance. Rosemonde a déjà assez souffert en perdant ses deux fils. Cela lui fera un immense plaisir et moi-même, cela me soulagera, car il faut songer à l'avenir de cette enfant. Ma fille n'a hélas pas de fortune.

Il posa sa main sur l'épaule du comte.

– Ne vous inquiétez pas. Je dois à présent vous quitter, mais nous nous reverrons bientôt pour régler cette affaire.

Effectivement, au cours de la semaine suivante, Quentin put se libérer et se rendit à Morenne. L'été répandait des parfums enivrants de lys et de roses. Sous les feuillages, il était fort agréable de s'asseoir pour déguster un verre de vin. Quand il arriva, Rosemonde lui sauta au cou. Elle était si heureuse que Quentin eût accepté de reconnaître son enfant !

Jean de Morenne l'accompagna dans cette démarche et le présenta au prêtre qui possédait une église sur ses terres. Celui-ci, un jeune franciscain, les reçut, puis les bénit. Ensuite, il alla chercher un gros registre sur lequel étaient inscrits tous les actes de naissance d'enfants baptisés dans sa paroisse depuis le début de l'année. Arrivé à Florine, née le 12 mai 1207 au château de Morenne, il écrivit la formule suivante:

" Florine, fille de messire le baron Quentin de Lanicey et de dame la comtesse Rosemonde de Champvans, née le 12 mai 1207 au château de Morenne."

Puis, le prêtre les fit entrer dans son modeste logis afin qu'ils se rafraîchissent car c'était le plein été.

Quentin reçut enfin la réponse de son ami Étienne de Chabrerie. Le cœur battant, il brisa vivement le sceau qui retenait le rouleau et s'enferma dans sa chambre afin de ne point être dérangé. Et ce fut avec une vive satisfaction qu'il lut la réponse positive de son ami, contre une somme d'argent non négligeable. Mais l'essentiel était qu'il pût accomplir ce rapt avec agilité et discrétion.

◆ ◆ ◆

Sixième partie

Étienne de Chabrerie

La Cappadoce est une région située au centre de l'Anatolie, en Turquie. Elle a d'abord appartenu à la Grèce, puis à Rome. Elle possédait au XIIIème siècle une importante richesse culturelle et même une Académie de médecine, ce qui était fort rare pour cette époque. Elle a toujours été renommée pour la beauté envoûtante de ses paysages. Ses habitants étaient alors, en majorité, chrétiens orthodoxes.

Avant la quatrième Croisade, l'empire byzantin était florissant. En 1071, il fut conquis par les Turcs, puis, en 1204, envahi par les Croisés occidentaux. À la suite de cette conquête, l'empire byzantin s'effondra et fut morcelé en plusieurs petits États soumis à un régime féodal importé par les Croisés.

La ville de Constantinople, appelée autrefois Byzance, est située sur le détroit du Bosphore qui sépare l'Asie de l'Europe. En 1204, cette ville devint la capitale de l'Empire latin de Constantinople jusqu'en 1453, date à laquelle elle fut reprise par les Turcs.

Le père d'Aysu résidait à l'extérieur de Constantinople, dans une bourgade qui s'appelait Sébaste, et pouvait jouir des charmes de la campagne et de la mer. Il possédait une immense villa dans laquelle vivaient ses huit enfants, tous mariés et regroupés autour de lui. Il demeurait le patriarche qui commandait et donnait des ordres à tout ce monde. Sans être très autoritaire, il était respecté, aussi bien par sa famille que par les nombreux serviteurs qui lui obéissaient toujours sans le contrarier. C'était un vieillard très pieux qui se rendait chaque matin et chaque soir dans une pièce spécialement aménagée pour ses prières. Sur une table recouverte d'une nappe blanche, il avait disposé une grande icône représentant le Christ et avait placé deux candélabres en argent de chaque côté de cette icône. Les rideaux restaient très souvent tirés afin d'entretenir une obscurité favorable à son recueillement.

Depuis le départ d'Aysu pour la Germanie, son état de santé s'était dégradé. Aussi la jeune femme fut-elle heureuse de lui présenter son fils avant le dernier voyage du patriarche pour l'Éternité. Il le trouva fort beau et put le bénir. Mais il fut surpris de ne pas voir Quentin.

– Dites-moi, chère enfant, pourquoi vous êtes-vous déplacée jusqu'ici sans votre époux ?

La jeune femme ne voulut pas le chagriner en lui exposant ses problèmes conjugaux.

– Tout simplement parce qu'il est très occupé là-bas. La vie est si différente de celle que nous connaissons auprès de vous ! Et je me sens bien ici, où tout me rappelle mon enfance heureuse.

Simon ne comprenait pas la langue utilisée en Cappadoce et se montra craintif à son arrivée. Tout était si étrange dans ce pays ! Mais il apprit très rapidement ce nouveau langage. Aysu l'entourait beaucoup et il ne tarda pas à apprécier ce mode de vie à l'air libre, alors que, chez son père, il était toujours enfermé dans le château. Il était fasciné par la mer et adorait observer le départ des bateaux vers le large.

– Quand je serai grand, je serai marin, disait-il à sa mère qui souriait tristement.

Il jouait très souvent dans le sable au bord de la mer et faisait l'objet d'une surveillance constante, soit par sa mère, soit par Justine, sa nourrice. À la maison, il était toujours entouré tandis qu'il jouait avec ses nombreux cousins et cousines. Simon semblait s'épanouir vraiment dans cette grande famille où tout le monde s'aimait, se respectait et où chacun exprimait librement ses sentiments. En outre, ils ne vivaient pas dans la misère, car ils possédaient de nombreuses terres qu'ils louaient à des paysans.

Étienne de Chabrerie, resté célibataire, s'était installé dans une auberge située en face de cette grande villa. Il avait trouvé sans problème l'endroit où cette famille résidait, grâce aux explications de son ami Quentin. Il avait loué une chambre là-bas et il pouvait presque, depuis sa fenêtre, surveiller les allées et venues des habitants. Il connaissait l'heure exacte à laquelle les servantes ouvraient les volets, le matin ou partaient au ravitaillement. Il voyait les enfants jouer et se chamailler dans la cour intérieure. Il savait à quelle heure Justine ou la mère de Simon les emmenait en promenade. C'était généralement vers dix heures du matin, quand le soleil était déjà haut ou en milieu d'après-midi, après la sieste.

Le comte avait immédiatement repéré Simon, grâce à un portrait de l'enfant qui avait été réalisé par un artiste germain, et que Quentin lui avait donné en vue de son enlèvement. Il lui fallut de nombreux jours d'observation avant de cibler un instant où Simon se trouvait seul : le matin, il était le premier à descendre dans la cour, car il se réveillait tôt. Il fallait donc qu'Étienne de Chabrerie réussît à le rejoindre et à lui parler à ce moment-là.

C'est ce qui se produisit un matin. Tout paraissait silencieux dans la villa. Les servantes n'avaient pas encore ouvert les volets. Simon se trouvait dans la cour et jouait seul avec un ballon. Étienne se décida à sauter par-dessus la barrière qui était fermée. Simon fut très surpris car il ne connaissait pas cet homme, mais il ne cria pas. Cet étranger avait l'air gentil. D'ailleurs, il s'approcha doucement de l'enfant et lui dit en germain :

– Je suis un ami de ton père. Veux-tu le revoir ?

Spontanément, l'enfant répondit :

– Oh oui ! Je veux le voir !

– Eh bien, suis-moi, et je vais te conduire vers lui

Cela faisait si longtemps que Simon n'avait pas vu son père ! Cette idée l'enchanta, car il s'était imaginé qu'il allait retrouver son père à Sébaste.

Étienne lui tendit la main et Simon ouvrit la barrière qui entourait la villa. Puis, ils s'éloignèrent ensemble comme deux amis.

Aysu s'était réveillée tard ce matin-là, car elle éprouvait des difficultés à s'endormir depuis qu'elle avait quitté son époux. Elle avait beaucoup réfléchi au sujet de la liaison de Quentin avec Rosemonde, et, depuis son éloignement en Cappadoce, elle commençait à entrevoir la situation différemment. Elle songeait que, effectivement, de nombreux seigneurs possédaient une ou plusieurs maîtresses. Elle avait naïvement rêvé que son époux lui serait fidèle… Mais maintenant, au bout de ce temps de séparation, elle avait l'intention de lui pardonner et de retourner vivre auprès de lui. C'était sa foi chrétienne qui la guidait.

Dès qu'elle s'éveillait, la jeune femme retrouvait Simon dans le salon ou dans la cour. Mais ce jour-là, elle ne l'aperçut nulle part. Étonnée, elle parcourut la villa en tous sens, questionna les servantes, ainsi que tous les membres de cette grande famille, mais personne n'avait vu Simon.

Aysu commença à s'affoler. Elle savait que son fils était un enfant sage et qu'il n'avait pas pu partir seul. Où serait-il allé ? Il ne connaissait personne en dehors de sa famille. Elle eut l'idée lumineuse de se précipiter à l'auberge qui leur faisait face : peut-être quelqu'un aurait-il pu le voir ? En effet, l'aubergiste lui apprit qu'il avait vu l'un de ses clients étrangers en compagnie d'un jeune enfant.

– Donnez-moi son nom, je vous en supplie ! dit-elle au patron de l'auberge. Il faut que je le voie à tout prix.

– Mais je n'ai pas le droit d'agir ainsi.

Brièvement, la jeune femme expliqua que son enfant unique avait disparu et qu'il fallait absolument qu'elle le retrouve.

– Je vous en supplie ! Indiquez-moi la chambre de cet homme. Mon fils se trouve peut-être avec lui. Si je ne le retrouve pas, j'en mourrai !

Et elle fondit en larmes. Le patron finit par se laisser attendrir et lui précisa :

– Il est dans la troisième chambre en haut de l'escalier, à droite. L'étranger se nomme Étienne de Chabrerie.

Après l'avoir vivement remercié, Aysu se précipita en haut de l'escalier et cogna très fort contre la porte. Elle entendit un bruit de pas et une voix d'enfant qu'elle reconnut bien, qui demandait :

– Qui c'est ?

Ce fut Aysu qui répondit.

– C'est moi, votre maman ! Mon chéri, ouvrez-moi !

– Je vais voir mon père, répondit tranquillement Simon, derrière la porte.

– Mais vous savez bien qu'il est resté en Germanie.

L'enfant s'était tu. Alors, complètement affolée, Aysu s'adressa à l'homme étranger :

– Messire, qui que vous soyez, ouvrez cette porte et laissez-moi reprendre mon fils ! Ayez pitié de moi !

Étienne de Chabrerie était fort contrarié car il avait pour mission de ramener uniquement l'enfant. Il constata avec dépit que son plan avait échoué. Il aurait dû quitter Sébaste immédiatement. Que devait-il faire ? La jeune femme continuait à tambouriner contre sa porte tout en pleurant. Soudain, il eut pitié d'elle. Il ouvrit donc la porte de sa chambre et vit une superbe jeune femme turque, très émouvante et en larmes. Ses longs cheveux noirs auréolaient son visage aux traits délicats et doux. Son corps était élancé. Il lui sembla qu'il n'avait jamais vu une femme aussi belle et il en fut ébloui.

– Vous êtes donc sa mère ? questionna-t-il, étonné.

– Oui. Que faites-vous avec mon fils ?

Étienne jugea qu'il était préférable de lui dire la vérité. Il lui expliqua qu'il était un ami de Quentin de Lanicey, et que ce dernier l'avait chargé de lui ramener son fils.

– Mais il aurait pu m'avertir, tout de même ! rétorqua la jeune femme, furieuse d'apprendre cette histoire. Il sait bien que j'adore mon enfant et que je ne peux pas m'en séparer.

Le jeune officier ne sut pas quoi répondre, car il était fortement troublé par l'image de cette femme sublime et pathétique.

– Si vous devez le lui ramener, conclut-elle, dans ce cas, je vous supplie de m'emmener avec lui ! De toutes façons, je souhaite retourner en Germanie. Quand devez-vous partir ?

– Eh bien, dès que possible, car le voyage sera long.

Aysu se jeta à ses genoux

– Alors, attendez-moi, je vous en prie : je dois faire mes adieux à mon père et préparer quelques vêtements pour le voyage.

Le comte de Chabrerie pensa que le voyage serait fort agréable pour lui en compagnie de cette superbe jeune femme dont il était tombé amoureux fou.

– C'est entendu, répondit-il avec son plus charmant sourire. Préparez vos effets et nous partirons demain.

De joie, elle lui baisa la main. Étienne eut l'impression que sa dextre le brûlait, tant les lèvres de la jeune femme étaient douces et chaudes ! Puis, elle s'avança vers Simon et lui dit :

– Mon trésor, venez avec moi pour dire au revoir à vos cousins et préparer notre départ.

Simon accepta de suivre sa mère, mais il rappela au comte :

– Je veux voir mon père !

– C'est bien entendu, ne vous inquiétez pas.

88

Après avoir embrassé son père une dernière fois, sachant qu'elle ne le reverrait plus, Aysu prit congé de tous les habitants de la villa, cette famille qu'elle aimait tant ! Mais une seule chose importait pour elle : garder son enfant. Elle partait sans même se demander comment elle serait accueillie en Germanie. Elle ignorait tout de l'état d'esprit actuel de son époux.

Elle eut tôt fait de préparer les bagages nécessaires pour effectuer ce long voyage. Quelques vêtements chauds suffisaient. Le lendemain matin, elle prit Simon par la main et ils pénétrèrent de nouveau dans l'auberge où les attendait le comte de Chabrerie. Ce dernier avait revêtu ses vêtements de seigneur et montrait fort belle allure. Il se sentait fier de voyager avec une aussi jolie dame ! Il portait une barbe brune qui habillait son visage hâlé aux traits virils mais réguliers. Deux coquines fossettes creusaient ses joues lorsqu'il riait, et il riait souvent, étant d'humeur agréable.

Aysu, bien qu'elle fût réservée par nature, se sentit en confiance avec lui. Elle songea cependant avec amertume au voyage qu'elle avait effectué en compagnie de Quentin, peu de temps après leur mariage. Elle avait été si heureuse à l'époque ! À présent, elle allait le retrouver, mais apparemment, il ne se souciait que de son fils.

Ce voyage s'avéra très long car ils firent une escale en Morée[3]. Mais au lieu de visiter les magnifiques monuments qui faisaient la fierté de ce pays, Aysu resta enfermée dans une auberge. Elle avait souffert du mal de mer et préféra se reposer. Et surtout, elle ne quittait pas des yeux son enfant qui avait failli lui être enlevé... Elle grelottait de peur en songeant à cette idée. Et surtout, elle ne comprenait pas pourquoi Quentin avait eu cette horrible intention. Elle dut expliquer au comte sa malheureuse histoire.

---

[3] Ancien nom du Péloponnèse.

– Faites-moi un peu confiance, Madame, lui répétait Étienne de Chabrerie. Je vous ramènerai bien en compagnie de votre fils.

– Je ne me sentirai soulagée que lorsque nous serons arrivés, répondait-elle.

Ensuite ils reprirent la mer, mais celle-ci se déchaîna à la suite d'une tempête. D'énormes vagues soulevaient le bateau et le vent soufflait si fort qu'ils entendaient des craquements sourds. Ils crurent qu'ils allaient périr en mer. Aysu eut très souvent recours à la prière pour l'aider à surmonter son effroi. Simon, quant à lui, se montra enchanté, n'ayant pas conscience du danger.

Puis, une fois le calme revenu, une semaine plus tard, leur bateau fut attaqué par des pirates, car ceux-ci croyaient qu'il transportait des richesses en provenance de Morée. Ils parvinrent à grimper à bord et menacèrent d'égorger les passagers s'ils ne leur donnaient pas tous les objets précieux qu'ils avaient en leur possession. Les femmes et les enfants hurlèrent de terreur. Étienne en profita pour serrer étroitement Aysu contre sa large poitrine, dans un geste qui se voulait protecteur. Mais la jeune femme, horrifiée par la situation, tremblait et sanglotait. Le chef des pirates, un homme très brun à la barbe hirsute et vêtu entièrement de noir, remarqua sa beauté et voulut la capturer. Il songea qu'elle ferait le bonheur du sultan de Turquie, dont le harem était déjà florissant.

– Viens, ma ribaude ! Je t'emmène dans le harem du Sultan. Je suis sûr qu'il sera fou de toi !

Mais le comte de Chabrerie, qui maniait l'épée avec une extrême dextérité, réussit à l'abattre, au cours d'un duel qui dura dix bonnes minutes. Les autres pirates, constatant qu'ils avaient perdu leur chef, se sauvèrent et regagnèrent leur navire. Après avoir jeté la dépouille du chef des pirates par-dessus bord, les marins poursuivirent leur route sans nouvelles embûches.

Le calme était revenu parmi les voyageurs, mais Aysu demeurait choquée. Elle tremblait toujours de peur et de fièvre. Étienne la transporta dans sa cabine afin de la surveiller et de la rassurer. Il l'allongea sur sa couchette et dégrafa sa tunique afin de l'aider à se détendre. Ce fut alors qu'elle lut le désir dans le regard de son protecteur. Il se pencha et l'embrassa sur sa bouche veloutée. Elle eut envie de se débattre et de crier, mais rien ne put sortir de sa gorge serrée. Puis, elle songea que ce vaillant chevalier l'avait sauvée d'un destin atroce, celui d'être enfermée à vie dans un harem, et elle cessa de s'agiter. Elle lui fit simplement la remarque suivante:

– Messire de Chabrerie, n'oubliez pas que je suis une femme mariée et que vous ne devez pas commettre avec moi le péché de la chair…

– C'est vrai, noble dame, et je vous prie d'excuser mon élan. Mais sachez qu'il vient du plus profond de mon cœur.

La jeune femme en fut touchée, mais elle dissimula ses pensées. Elle ferma ses longs cils brodés de noir et, se sentant épuisée après cette terrible épreuve, se laissa glisser dans le sommeil.

Lorsqu'ils débarquèrent sur le continent, en Italie, fatigués mais soulagés d'être enfin sur la terre ferme, Aysu reprit des couleurs. Ce voyage avait été très éprouvant pour elle car elle avait souffert du mal de mer, avait failli être capturée par des pirates, et, à présent, elle s'inquiétait quant à l'accueil qui lui serait réservé en Germanie. Quentin allait-il lui pardonner son brusque départ en Cappadoce avec leur enfant ? Sans doute avait-il déjà trouvé une jolie maîtresse qui le faisait jouir ? À moins qu'il ne fût pas lassé de Rosemonde ? Mais elle éprouvait toujours de la rancœur à l'égard de celle qui avait détourné son époux. Des larmes brouillaient sa vue lorsqu'elle envisageait cette hypothèse mais elle devrait garder sa dignité.

Ils traversèrent l'Italie dans une mauvaise carriole que deux vieux chevaux avaient bien des difficultés à tirer. D'autant plus que l'hiver sévissait et que des tempêtes de neige faillirent les égarer à plusieurs reprises.

Enfin, ils arrivèrent en Germanie et Aysu fut de nouveau émerveillée par la splendeur des profondes forêts enfouies sous une épaisse cape de neige. Le père d'Étienne possédait une forteresse dans le canton d'Autun, mais ils ne s'arrêtèrent pas là. Le jeune comte préféra remplir sa mission et remettre Simon à Quentin. Ensuite, il envisageait de retourner chez son père, qu'il n'avait pas revu depuis plusieurs années.

Ce voyage fut également long et périlleux car dans les forêts se cachaient des bandits qui attaquaient les carrioles afin de voler leurs passagers. Ils furent attaqués à deux reprises et la jeune femme dut donner les quelques bijoux qui lui restaient, car ces bandits étaient très nombreux et Étienne de Chabrerie devait combattre seul contre eux tous.

Ce ne fut donc qu'à la fin décembre 1207 qu'ils se présentèrent devant le pont-levis de la forteresse de Lanicey.

◆◆◆

Septième partie

Les retrouvailles

Les habitants de Lanicey célébraient les fêtes de l'Avent bien que le sire ne fût pas porté sur la religion. Mais il acceptait de festoyer à la Noël, afin de faire plaisir à sa famille, à ses amis, ainsi qu'à ses employés. Par contre, il ne respectait pas le jeûne recommandé par l'Église durant la période de l'Avent.

Les servantes garnissaient le château de verdure et accrochaient du houx un peu partout, ce qui illuminait les sombres pièces. Enfin, c'était l'occasion d'arborer des vêtements neufs, surtout pour les dames qui en profitaient pour tenter de séduire leur entourage. Chacune d'elles rêvait d'être la plus belle pour être invitée à danser. Des porcs avaient été abattus et la cave était remplie de gibier en vue des festins.

Godefroy comptait inviter ses fidèles amis et leurs familles en sa forteresse qui présentait un air de fête.

Un garde vint avertir le sire que des visiteurs s'étaient présentés devant le pont-levis et souhaitaient rentrer. Il précisa:

– Ce sont des membres de votre famille, Seigneur.

– Diantre ! Fais-les entrer. Il me tarde de les voir.

Un jeune enfant courut jusqu'à lui. C'était Simon, qui semblait tout heureux de retrouver son grand-père.

– Simon ! Est-ce bien vous ? Vous avez tant grandi ! Et m'en voilà ravi.

Derrière l'enfant, il reconnut Aysu. Il sut dissimuler sa stupéfaction et lui fit tout de même bon accueil. Il la trouva même fort embellie. Enfin, le comte de Chabrerie se présenta et ce jeune gentilhomme lui fit sa plus belle révérence.

– Je suis fort honoré de faire votre connaissance, déclara-t-il à Godefroy; Je suis un ami de Croisade de votre fils, et c'est moi qui fut chargé de ramener Simon ici.

Le sire l'examina d'un œil avisé et le trouva fort bien de sa personne.

– Il en est de même pour moi, répondit-il aimablement.

Quentin lui avait souvent parlé de son père au caractère irascible ! Or, là, il se trouvait en présence d'un homme charmant et distingué. Il en fut enchanté.

Godefroy monta avertir son fils qui se tenait dans son cabinet de travail. Il lui apprit le retour de son épouse et de son fils, accompagnés par son ami.

Quentin se leva aussitôt et s'écria, furieux :

– Mais je n'ai jamais réclamé le retour d'Aysu ! Je ne comprends pas pourquoi Étienne de Chabrerie a pris l'initiative de la ramener ici.

– Que voulez-vous ? Il s'agit sans doute d'un miracle du ciel, juste avant la Noël !

Et Godefroy éclata d'un rire retentissant, car il était demeuré incroyant.

– Je ne ferai pas de scandale devant Simon, déclara le jeune baron, mais j'ai l'intention d'expliquer mon point de vue à Aysu, seul à seule.

Lorsqu'il apparut dans la pièce principale où se tenaient les nouveaux arrivants, Simon poussa un cri de joie et s'élança vers son père. Celui-ci le trouva fort beau et le serra dans ses bras avec joie. Puis, Quentin alla saluer son ami et le remercia de lui avoir ramené son fils sain et sauf.

– Par contre, je ne vous avais nullement chargé de revenir avec sa mère ! lui fit-il remarquer d'un ton contrarié.

– Pardon, mon ami, mais je n'ai pas eu le courage de la repousser quand elle a deviné où je retenais Simon.

Mais Quentin demeura inébranlable :

– Puisque vous n'avez pas rempli votre mission exactement comme je le désirais, permettez-moi de ne vous régler que la moitié de la somme que je devais vous verser.

Étienne de Chabrerie dut accepter cette proposition. De toutes façons, il possédait une fortune personnelle suffisante.

Quentin ne jeta pas même un regard sur Aysu, qui, pourtant, resplendissait de beauté. La jeune femme comprit alors que sa place ne se trouvait plus parmi eux. Et pourtant, elle faisait quand même partie de cette famille Elle se sentit angoissée. Qu'allait-elle devenir ? Puis, elle se rassura en se disant que leur mariage n'était pas dissout. Ils avaient été unis par Dieu et ils allaient rester mariés, quoi qu'il advînt...

Après le repas du soir qui fut copieux en pâtés et en viandes, une servante s'approcha de la jeune baronne et lui demanda de la suivre. Elle la conduisit dans une chambre située au deuxième étage, celui qui était normalement réservé aux servantes employées dans la forteresse. Cette pièce était sommairement meublée, mais tout de même agréable. Sans même se dévêtir, elle s'affala sur sa couche et s'endormit dans les larmes.

Le lendemain matin, cette même servante vint la réveiller et lui annonça que Quentin de Lanicey souhaitait s'entretenir avec elle. Arès avoir passé une bonne nuit, elle se sentit plus forte. Elle fit une toilette soignée, enfila sa plus jolie robe qui moulait son corps désirable, et mit un léger voile brillant sur ses cheveux sombres qui tombaient en dessous. Puis, la servante la conduisit jusqu'au bureau de Quentin, situé dans la tour. Arrivée devant lui, elle eut envie de se jeter dans ses bras, mais n'osa pas faire un geste. Elle attendit patiemment que son époux eût terminé son travail d'écriture. Celui-ci, toujours sans la regarder, attaqua d'un ton froid, après lui avoir indiqué une chaise :

95

– Pouvez-vous m'expliquer, Madame, pour quelle raison vous êtes revenue ici, après vous être enfuie en Cappadoce et sans avoir obtenu mon accord ? Je vous écoute.

– Parce que je suis partie sur un coup de tête, il est vrai, et je m'en repens sincèrement aujourd'hui.

– Ah oui ? Vous vous en repentez ? Je crois plutôt qu'il s'agit d'un mensonge.

Le beau visage d'Aysu était devenu très pâle.

– Mais pourquoi vous mentirais-je ? Vous me connaissez suffisamment pour savoir que mon âme est droite.

Elle avait prononcé ces paroles d'une façon si touchante que Quentin leva les yeux sur elle et demeura stupéfait en la contemplant. Aysu avait changé durant son séjour en Cappadoce : elle avait acquis de la maturité et son corps s'était avantageusement épanoui. Ses formes s'étaient arrondies sans être trop importantes. Et surtout, elle savait à présent les mettre en valeur en portant cette robe pourpre qui les moulait et laissait entrevoir la naissance de ses seins. En outre, sa personnalité s'était affirmée et la jeune femme paraissait moins fragile qu'autrefois. Quentin se sentit troublé malgré lui et il dut faire un effort pour lui déclarer.

– Vos sentiments n'ont peut-être pas changé, contrairement aux miens. Je dois vous apprendre que mon cœur ne vous appartient plus.

D'une voix tremblante, elle demanda :

– Malgré tout mon chagrin, puis-je connaître le nom de celle qui m'a remplacée ?

– Oui, vous la connaissez : il s'agit de ma cousine Rosemonde.

Cette fois, Aysu éclata en sanglots.

– Je ne vois pas ce qu'elle possède de plus que moi, sinon une incroyable effronterie ! Cette femme est une diablesse et je la déteste de tout mon cœur.

– Cela ne m'impressionne pas, sachez-le. Cependant, comme vous restez la mère de mon enfant, vous pourrez disposer d'un petit appartement ici durant la période des fêtes de Noel. Ensuite, vous pourrez vivre au château d'Hoftenberg, là où vous avez des amis pour vous entourer.

Aysu se sentit désemparée, puis complètement effrayée à l'idée de retourner dans cet immense château où elle ressentait une étrange sensation de peur.

– Pourtant, osa-t-elle rétorquer, vous n'ignorez pas à quel point je vais souffrir là-bas, surtout si vous n'êtes point à mes côtés pour me protéger.

– Si vous avez besoin de protection, prenez un intendant qui pourra gérer vos affaires et vous rassurer.

La jeune femme resta muette, anéantie par ce qu'elle venait d'entendre. Des larmes glissèrent silencieusement sur ses joues restées pâles. Cette fois, elle regrettait presque d'être revenue parmi ces gens impitoyables pour elle. Puis, tâchant de rassembler son courage et ses forces, elle objecta :

– Messire mon époux, je ne partirai là-bas qu'à une seule condition : celle d'emmener Simon avec moi.

Il réfléchit un instant, car lui aussi souhaitait la présence de Simon à ses côtés, mais face à son regard implorant, il répondit.

– Eh bien soit ! Et restons-en là. Vous pouvez vous retirer.

Et Quentin se plongea de nouveau dans son travail.

Pour les fêtes de Noël, le sire avait invité ses amis de longue date : le vicomte de Palindrey et sa famille, le comte de la Fouchardière et sa nouvelle épouse, sa fille Lidwine et son époux, le duc de Sacht, le marquis d'Attrans et ses cinq filles.

Les dames se rendirent à la messe qui eut lieu dans la chapelle de Lanicey, tard dans la nuit, tandis que les hommes jouèrent aux cartes. Le vin, apporté par un serviteur, coulait déjà dans les verres et ils rirent bruyamment en plaisantant.

Puis, lorsque leurs épouses et leurs filles revinrent auprès d'eux, ils se mirent à table. À la lueur des chandelles, les dames paraissaient plus jolies encore. Godefroy ne quittait plus des yeux la belle Mélisande de Ravisky qui, se sentant observée, prenait des poses lascives. Quentin remarqua ce petit jeu mais s'en amusa intérieurement, tandis que LIdwine fronçait les sourcils, pourtant très épilés, en découvrant ce manège. Elle songea que son père restait incorrigible malgré son âge vénérable.

Entre chaque plat, annoncé par le son du cor, des acrobates et des danseurs évoluèrent agréablement. Simon fut émerveillé, ainsi que Guillaume et les enfants de Lidwine. Excités par cette ambiance de fête, ils chahutèrent beaucoup ensemble. Seule, Aysu demeura réservée dans son coin, n'osant plus se mêler aux autres, jusqu'à ce qu'Étienne de Chabrerie vînt s'asseoir à ses côtés :

– Alors, chère dame, êtes-vous heureuse d'avoir retrouvé votre famille de Germanie ?

– Oh non sire ! Bien au contraire, car mon époux m'a rejetée.

Et elle baissa tristement ses magnifiques yeux noirs pour dissimuler les larmes qu'elle sentait poindre. Étienne eut un mouvement de stupeur.

– Que me dites-vous là ? Comment peut-on délaisser une aussi jolie dame que vous ? Car, de toutes les personnes du beau sexe qui sont présentes ici, vous êtes la plus remarquable !

Elle émit un faible sourire.

– Vous me flattez beaucoup, seigneur.

– Je vous ai déjà demandé de m'appeler Étienne…

– C'est vrai, mais c'est difficile pour moi. Veuillez m'en excuser.

Ce fut à ce moment-là que la musique s'éleva et que tout le monde se leva pour danser. Godefroy se précipita vers Mélisande qui accepta volontiers de lui donner sa main, puis ils s'éloignèrent ensemble. Quentin, quant à lui, se demanda s'il n'allait pas inviter Aysu car ils étaient toujours mariés. Mais le comte de Chabrerie n'avait pas hésité, quant à lui, à l'inviter. Il la prit par l'épaule et l'entraîna vers les autres danseurs. Quentin dut inviter la seconde fille de Edwige de Palindrey qui, à plus de vingt ans passés, était restée célibataire, à cause de la malformation d'une jambe qui l'obligeait à boiter légèrement. Pourtant, son visage était fort avenant et souriant. Tout en dansant, il remarqua que son ami Étienne serrait très fort contre lui le superbe corps d'Aysu et il en conçut un vague sentiment de jalousie. Son choix était pourtant fait : il avait préféré sa cousine Rosemonde. Mais elle n'avait pas été invitée à cette fête et sa présence joyeuse lui manquait.

Ils dansèrent jusqu'à l'aube, et, comme ils avaient très chaud, on leur servit beaucoup à boire. Les dames dégrafèrent un peu leurs robes, ce qui excita beaucoup de gentilshommes qui les entraînèrent ensuite dans une pièce prévue pour des ébats amoureux. Aysu se sentit fatiguée et quitta le comte de Chabrerie pour aller se coucher.

Godefroy ne conduisit pas la jeune Mélisande dans une pièce plus intime, mais il lui fit comprendre qu'il était tombé sous son charme, et, la main sur son cœur, il lui déclara:

– Belle comtesse, si vous acceptiez de devenir mienne; ce serait une joie immense pour moi.

La jeune femme minauda pour le principe, mais ses magnifiques yeux sombres trahirent son contentement.

Après les fêtes, Aysu prépara ses bagages pour repartir au château d'Hoftenberg. Elle ne supportait plus de voir son époux l'éviter, alors qu'il l'avait tant aimée. Elle préférait, à présent, mettre de la distance entre eux plutôt que de souffrir. Simon pleura car il ne souhaitait pas se séparer de Guillaume, mais sa mère lui assura qu'il ferait la connaissance d'enfants de son âge là-bas. Et puis, elle allait inviter souvent Lidwine et son dernier fils Maxence qui était à peine plus jeune que lui.

Étienne de Chabrerie s'apprêtait, lui aussi, à retourner vivre à Autun, chez son père. Et ce fut la mort dans l'âme qu'il vint faire ses adieux à Aysu.

– Croyez bien, Madame, que je garderai un souvenir très agréable de vous.

Il prononça ces paroles en tâchant de masquer son chagrin, car durant leur voyage, il s'était imaginé que la jeune femme accepterait son amour sincère et profond. Mais il s'était illusionné !

Aysu remarqua bien son visage déconfit et en éprouva du remords. Elle tenta de le réconforter en lui proposant de venir l'aider à gérer le domaine d'Ortenberg, en l'absence de son époux. Il serait son intendant. Aussitôt, les traits du comte se détendirent et son cœur bondit de joie.

– Serait-ce possible ? J'en suis si heureux ! Je ferai tout ce qu'il vous plaira de me faire accomplir…

– À une condition cependant, ajouta Aysu. Je souhaite que vous gardiez une certaine distance vis-à-vis de moi, car je suis toujours mariée devant Dieu.

Étienne s'inclina en signe d'approbation. L'important n'était-il pas qu'il vive auprès d'elle, en ne la touchant que du regard ?

Le cocher de Godefroy fut chargé de les conduire deux mois plus tard. Heureusement, l'hiver, en 1208, se montra plus clément que les années précédentes et la neige se fit moins abondante. Le fidèle Florimond les accompagna. Ce fut lui qui choisit les auberges susceptibles de les recevoir, ainsi que leurs chevaux, et s'occupa de tous les détails matériels nécessaires pour cette expédition. De son côté, le valet était heureux de retrouver la servante, Manon, qu'il espérait épouser par la suite.

Quentin n'avait éprouvé aucune envie de suivre son épouse à Hoftenberg car il rendait toujours visite à Rosemonde au château de Morenne. Mais cela ne le satisfaisait pas pleinement, car il aurait voulu se réveiller chaque matin à ses côtés, afin de profiter de son corps voluptueux qui l'attirait toujours autant. Mais tant que le sire serait de ce monde, il ne pourrait pas accomplir ce rêve.

Comme il travaillait aux côtés de son père, il remarqua que, depuis un certain temps, celui-ci se montrait moins sévère envers ses subordonnés et que, d'autre part, il paraissait souvent distrait, comme si son esprit vagabondait ailleurs... Il jugea cette attitude très étrange et décida de le questionner, un jour où ils prenaient tous deux leur repas du matin, en dégustant du jambon entre deux tranches de pain :

– Père, je dois vous avouer que, depuis le début de cette année, vous ne réagissez plus comme autrefois. Seriez-vous malade ?

– Pas le moins du monde, répondit Godefroy en riant grassement.

– Pourtant, vous ne semblez plus aussi emporté. Seriez-vous donc devenu sage ?

Godefroy ricana de plus belle.

– Moi, devenir sage ? Je me sens comme un jouvenceau, et même prêt à commettre des folies…

– Ciel ! Vous m'inquiétez ! Puis-je connaître la raison de ce brusque changement qui vous rend si joyeux ?

Godefroy se frotta le ventre, signe de sa vive satisfaction, et répondit :

– Mon fils, je ne vous apprendrai rien en vous avouant que seul l'amour peut produire un tel miracle.

Quentin faillit s'étrangler en avalant son bol de lait chaud.

– Voulez-vous dire… que vous êtes tombé en amour ?

– Et pourquoi pas ? Voilà très longtemps que je vis seul, et il ne me déplairait pas d'être entouré par une jeune et belle épouse pour adoucir mes vieux jours.

Le jeune homme ne parut pas vraiment surpris, car il se souvenait de l'attitude de son père durant les fêtes de Noël : il n'avait pas caché son engouement pour Mélisande de Ravisky.

– Je peux vous comprendre, moi qui suis toujours sous l'emprise de la passion. Et je crois deviner qu'il s'agit de la très jolie veuve de Ravisky. Me trompé-je ?

Godefroy lui donna une bourrade amicale dans l'épaule.

– C'est cela ! N'est-ce pas un bon choix ?

– Ce n'est pas à moi d'en juger, Père. L'essentiel serait que cette jeune dame vous donnât son accord, ainsi que son père.

– J'en ferai mon affaire, ne vous inquiétez pas !

Puisque son fils comprenait sa douce folie, le sire se sentit encore plus joyeux. Et, un jour où le marquis d'Attrans avait accepté de jouer aux échecs chez lui, il l'entraîna un peu à l'écart d'éventuelles oreilles indiscrètes, dans un petit salon. Ils commencèrent donc leur partie d'échecs, mais le marquis d'Attrans remarqua que son ami ne semblait pas prêter beaucoup d'attention à leur jeu. Pourtant, il n'ignorait pas que Godefroy était mauvais perdant.

– Qu'avez-vous donc aujourd'hui ? lui demanda le marquis. Vous me paraissez bien nerveux et vous commettez des erreurs impardonnables pour un joueur chevronné tel que vous.

En effet, le sire s'agitait sur son fauteuil car il cherchait dans sa tête une formule adéquate pour ne pas choquer son ami.

– Mon brave Henri, j'ai, effectivement, une confidence à vous faire et je ne sais point comment m'y prendre.

– Diantre ! Est-ce grave ? s'inquiéta-t-il

– Non, mais je crains de paraître ridicule. Voilà : accepteriez-vous de m'accorder la main de votre fille Mélisande, que je trouve très plaisante ?

Henri d'Attrans, d'abord surpris, se mit à rire, puis répondit :

– Mais avec plaisir, cher ami ! Cependant, je dois vous avertir qu'elle ne jouit pas d'une santé parfaite.

– Ah ! Et de quoi souffre-t-elle ?

– Elle mange peu car elle digère mal certains aliments.

Le sire en fut touché.

– Pauvre enfant ! Mais je saurai la rendre heureuse. Je dois même vous avouer que je lui ai laissé comprendre mon désir de l'épouser.

– Et qu'a-t-elle répondu ? s'enquit le marquis

– Elle ne m'a pas répondu, mais elle m'a souri, ce qui me laisse espérer.

Henri d'Attrans crut préférable d'ajouter :

– Néanmoins, Mélisande a refusé plusieurs prétendants depuis la fin de sa période de deuil. Mais si elle hésite, j'essaierai de la convaincre.

Le sire appela aussitôt un serviteur afin qu'il leur apportât une excellente bouteille de vin du pays.

– Nous devons fêter cela sans plus tarder, déclara Godefroy qui se sentait déjà enivré de joie. À la bonne heure !

Et les deux amis trinquèrent en riant.

◆ ◆ ◆

Huitième partie

Mélisande

Fin juin 1208, l'été commençait à s'abattre sur la campagne environnant la forteresse de Lanicey. La brise apportait le parfum des roses qui s'épanouissaient dans le jardin et les abcilles les butinaient avec entrain. Les gardes virent apparaître au loin des cavaliers qui semblaient filer vers eux. Effectivement, peu de temps après, ceux-ci stoppèrent leurs chevaux hennissants aux pieds du pont-levis. Leur chef, un grand seigneur, exigea d'un ton sec d'être conduit auprès du chef de la forteresse, car il avait une information des plus importantes à lui révéler. Ce cavalier fut donc introduit dans le cabinet de travail du sire.

Godefroy s'aperçut qu'il s'agissait d'un prince émissaire du Roi Philippe de Souabe et s'inclina devant lui. Celui-ci, à peine assis, lui apprit que leur Roi bien-aimé avait été assassiné le 21 juin, il y avait donc trois jours de cela.

– Non ! hurla aussitôt le sire de Lanicey. C'est une terrible nouvelle qui m'atteint au plus profond de moi-même, car j'ai toujours été un fidèle sujet de notre Roi, même lorsqu'il luttait contre Otton de Brunswick ! Comment cela a-t-il pu se produire ?

L'émissaire lui expliqua que Philippe de Souabe s'était rendu ce jour-là à Bamberg, au bord du Main, au nord de la Bavière, afin d'assister aux noces de sa nièce avec un duc de Bavière. Ce mariage était important car sa nièce était héritière du Comté de Bourgogne et cette alliance lui permettait de faire face à Otton de Brunswick, son grand rival. Après le repas, Philippe s'était retiré dans ses appartements afin de se reposer. Sa garde se trouvait à l'extérieur de la forteresse. Soudain, un seigneur qu'il considérait comme un ami, le comte de Wittelsbach, pénétra dans sa chambre sans être arrêté par les gardes et le frappa de son épée au cou. Le roi chancela, puis il lui fendit le crâne après l'avoir frappé une seconde fois avec son épée. Un évêque, qui se trouvait en compagnie du Roi, reçut un morceau de sa cervelle sur lui. Puis, le comte palatin avait réussi à s'échapper avant que les gardes aient pu intervenir.

– Mais c'est incroyable ! ne cessait de répéter le sire qui marchait de long en large dans son cabinet, prouvant ainsi sa colère. Est-ce que cet homme a été arrêté par la suite ?

– Non, nous pensons qu'il possédait une cachette sûre. Mais nous allons tout mettre en oeuvre afin de le retrouver et de le punir impitoyablement.

– Connaissez-vous les raisons qui ont poussé ce seigneur à commettre cet horrible assassinat ?

L'émissaire eut un geste évasif pour signifier qu'il ne le savait pas véritablement.

– Rien n'est clair pour l'instant. Il n'existe que des rumeurs qui courent. Certains disent que le comte a voulu se venger car Philippe aurait refusé de lui accorder la main d'une de ses filles.

– Cela me paraît bien curieux, déclara le sire.

– D'autres prétendent qu'il s'agit d'un acte malfaisant de la part d'Othon de Brunswick, afin de reprendre le pouvoir. Il se serait servi du comte de Wittelsbach pour commettre ce crime.

– Je pencherais plutôt pour cette deuxième version, affirma le sire. Otton IV est capable de tout pour accéder au pouvoir. Comme Philippe de Souabe n'a pas d'héritier, car il n'a eu que des filles, ce sera à lui que reviendra la couronne.

Notre pauvre Roi n'aura jamais pu devenir Empereur. Et le fils d' Henri VI, Frédéric II, que devient-il ?

– Il n'a que quatorze ans et ne peut pas régner de ce fait. Il reste sous la tutelle du pape Innocent III.

– Ah ! Quel grand malheur vient de frapper notre royaume !

Puis, changeant de sujet :

– Vous prendrez bien un rafraîchissement ici ? Il fait si chaud.

– Volontiers, répondit le prince, mais je ne souhaite pas m'attarder, car je dois prévenir encore d'autres chefs de fiefs. À présent, je vous charge de prévenir vos parents, amis, ainsi que tous vos subordonnés.

– Bien sûr, comptez sur moi, Excellence.

Après le départ de l'émissaire, le sire se rendit auprès de son fils afin de lui annoncer cette terrible nouvelle. Mais Quentin, qui avait toujours soutenu Otton de Brunswick, ne se montra pas catastrophé.

– C'est dommage, déclara Quentin, car Philippe n'avait que trente-deux ans, mais Otton sera tout à fait apte pour le remplacer.

Godefroy devint rouge d'indignation.

– Et c'est tout ce que cela vous fait ? Notre pays va peut-être plonger de nouveau dans l'insécurité et les guerres... Sans compter que je suis persuadé que cet assassinat a été commandité par Otton de Brunswick, afin de lui voler le pouvoir. Cela me rend fou de rage !

– Calmez-vous, Père ! Votre colère ne changera rien au cours des événements à venir.

– Oui, mais tout de même, il s'agit du premier Roi de Germanie qui se fait assassiner ! Ce n'est pas banal. Et j'espère que ce scélérat sera bientôt arrêté et massacré à son tour.

Comme Quentin paraissait indifférent à cette colère, le sire partit se défouler à cheval à travers la campagne, parmi les herbes hautes et les prés en fleurs. Il avait besoin du contact de la nature, de respirer à fond, de se griser de liberté. Lorsqu'il arriva jusqu'à un lac encastré entre des collines verdoyantes, il sauta prestement à bas de son cheval, l'attacha à un arbre; puis il se dévêtit entièrement et plongea dans l'eau délicieusement froide. Il nagea durant un bon moment, puis, se sentant rasséréné et plus fort, il rentra au château. Sa colère étant tombée, il se remit au travail, bien qu'il fût contrarié par cette mauvaise nouvelle.

Quelques jours plus tard, le marquis d'Attrans se rendit à Lanicey pour deux raisons bien différentes. D'une part, il se lamenta, lui aussi, au sujet de l'assassinat du Roi. Tout comme Godefroy, il s'était réjoui de son arrivée au pouvoir, et les deux amis partagèrent les mêmes inquiétudes quant à l'avenir de la Germanie.

D'autre part, il venait lui apprendre que Mélisande acceptait de l'épouser. Ceci le flatta énormément, car il y vit la preuve qu'il pouvait encore séduire une jolie jeune femme à cinquante-trois ans. Il se hâta d'informer sa fille et le duc de Sacht en leur adressant cette missive :

J'ai le grand bonheur de vous informer que je vais épouser Madame veuve Mélisande de Ravisky, la troisième fille de mon ami le marquis d'Attrans. Vous êtes, bien sûr, invités aux noces qui auront lieu en la chapelle de Lanicey, le 20 août de cette année. Seuls, la famille et les amis les plus proches seront invités.
Au plaisir de vous accueillir bientôt.

Godefroy de Lanicey

Quand Lidwine reçut ce pli apporté par un cavalier qui était commissionnaire chez son père, elle le fit entrer et l'invita à passer la nuit chez elle, afin qu'il pût se reposer. Lorsqu'elle lut le message, sa surprise fut très grande car elle ne s'attendait pas à recevoir une telle nouvelle ! Elle connaissait trop bien l'inconstance et la légèreté de son père dans ses affaires de cœur. Sa pauvre mère, Mahaut, en fut la première victime, mais elle ne devait absolument pas divulguer cet infâme secret. Et puis, elle fut offusquée par le choix du sire qui oubliait toujours son âge et qui, cette fois, s'était laissé séduire par une femme plus jeune qu'elle-même. Pour Lidwine, c'était inadmissible, même si de nombreux seigneurs se comportaient ainsi.

Lorsque le duc de Sacht rentra le soir, ayant terminé sa journée de travail à l'extérieur, elle afficha sa mauvaise humeur.

– Que se passe-t-il, ma chérie ? Vous paraissez bien soucieuse.

– Oh ! Je ne suis pas soucieuse, mais très contrariée par l'attitude de mon père. Tenez, lisez ce courrier qui nous est adressé.

Othon parcourut les quelques lignes que son ami avait griffonnées hâtivement, dans sa joie, mais ne parut pas choqué.

– Je pense que vous exagérez. Votre père a encore le droit de connaître le bonheur en épousant cette dame.

– Ah oui ? riposta Lidwine d'un ton cinglant, même si cette dame a trente ans de moins que lui ?

– Peut-être l'épouse-t-il pour ses biens ?

Mais la jeune femme conserva un mauvais rictus qui la rendait moins jolie.

– Eh bien, c'est encore plus écœurant. Et je vous préviens dès à présent que je n'irai point à ces épousailles.

Mais le duc de Sacht, qui soutenait toujours son ami, répondit calmement :

– Fort bien ! Je peux m'y rendre seul.

Le mariage fut donc célébré comme prévu, le 20 août. Il faisait encore très chaud et les tables furent dressées dehors. Mélisande de Ravisky resplendissait dans une robe de soie bleu pâle, très serrée à la taille. Elle portait de nombreux bijoux de valeur, à ses oreilles, à son cou, à ses poignets délicats, et ceux-ci scintillaient sous le soleil généreux. Ses longs cheveux noirs, tressés de chaque côté de son visage souriant, étaient retenus par un voile blanc qui descendait jusqu'à ses talons.

Le sire, quant à lui, se redressait de toute sa taille qui demeurait encore élevée. En outre, il ne présentait aucun embonpoint.

Le brave curé qui officiait autrefois à Lanicey avait quitté la forteresse peu après le départ de Clémence de Jaffrerot pour le couvent. Godefroy l'avait accusé d'être responsable du départ de la jeune femme qui lui plaisait beaucoup, malgré la folle attirance qu'il avait éprouvée pour Tiphaine, la jeune prostituée d'un tripot mal famé. Un nouveau prêtre avait été mandé, non pas pour Godefroy, qui restait résolument incroyant, mais pour sa famille, ainsi que pour son personnel très nombreux. En dehors d'Ulric, le mécréant, les serviteurs de la forteresse éprouvaient le besoin d'écouter ce prêtre, de prier et de suivre les consignes du pape.

Lorsque la célébration nuptiale fut terminée, tout le monde se retrouva dehors pour festoyer sur des tréteaux. Tous les amis du sire étaient présents, ainsi que leurs familles. Et, au dernier moment, le duc de Sacht arriva, accompagné de Lidwine qu'il avait tout de même réussi à entraîner avec lui. En fait, elle était jalouse de la beauté un peu sauvage de Mélisande, qui, n'ayant jamais enfanté, avait conservé la minceur d'une vierge.

Le repas dura jusqu'au soir, puis les convives rentrèrent au château pour danser. Ce fut une journée mémorable, surtout pour les nouveaux mariés.

La nuit de noces se déroula avec passion pour le sire. Quant à Mélisande, elle se montra moins intéressée par les choses du sexe. Mais une nouvelle vie s'ouvrait devant elle.

L'homme sans âme se moquait intérieurement de son maître qui, pour lui, se conduisait de façon ridicule. Cependant, il crut bon de le louanger et de lui souhaiter prospérité.

– Eh ! Pourquoi pas ? rétorqua le sire en riant.

Mélisande, dont la fragile beauté plaisait à tout le monde, fut bien acceptée à la forteresse de Lanicey, par la famille et par les serviteurs. La seule personne qui lui fût vraiment hostile était Ulric, car il était obligé de la respecter et même de lui obéir. Elle était devenue sa nouvelle maîtresse de maison. Or, pour lui, cette femme était comme toutes les autres, écervelée et superficielle. Mais fort heureusement, elle ne s'en rendit pas compte.

Quelques mois s'écoulèrent normalement, c'est-à-dire dans le bonheur pour Godefroy et dans une douce quiétude pour Mélisande. En février 1209, la jeune femme se sentit gênée, engoncée dans ses vêtements. Elle en fit part à son époux et celui-ci songea qu'elle attendait probablement un heureux événement. Il ne fit pas venir immédiatement une matrone, pensant que c'était prématuré. Il lui conseilla de se reposer et de bien se nourrir.

Le sire paraissait vivre sur un petit nuage doré tant il était heureux ! Il ne dévoila pas l'état de sa jeune épouse, mais son visage rayonnait de joie. À un tel point que l'homme sans âme s'en aperçut :

– Que se passe-t-il, Maître ? Je vous trouve frétillant comme un poisson dans de l'eau.

Le sire se mit à rire à gorge déployée :

– C'est vrai ! On ne peut rien te cacher. Mais à toi, je peux le dire car je connais ta légendaire discrétion.

– Oui, Sire, et vous pourrez toujours compter sur elle. Alors, dites-moi ce qui vous rend si heureux.

– Assieds-toi car tu seras sidéré !

L'intendant choisit une chaise moelleuse face au bureau du sire.

– Figure-toi que Mélisande est peut-être grosse... Décidément, toutes ces dames m'ont comblé !

Un éclair de jalousie zébra le regard d'Ulric. Il n'avait pas d'enfant car aucune femme n'avait jamais pu s'attacher à lui. Mais il ne laissa rien paraître, comme à son habitude.

– En êtes-vous certain ?

– Cela va faire trois mois et j'ai l'intention d'amener une matrone bientôt afin qu'elle confirme son état et la surveille.

– Alors, trinquons pour fêter cette heureuse nouvelle ! s'écria Ulric qui ne ratait aucune occasion de s'alcooliser.

Le sire, confiant, accepta sa proposition et bientôt les employés les entendirent chanter des chansons paillardes. *"Est-ce bien le moment ?"* songea la jeune femme qui les entendait rire depuis le salon où elle brodait. Mais elle ne pouvait pas se plaindre car elle était traitée comme une déesse.

Quelques jours plus tard, la jeune femme se sentit légèrement barbouillée. Sachant qu'elle avait des problèmes de digestion, le sire demanda à Ulric de lui préparer une tisane avec des plantes, car celui-ci possédait un véritable talent d'herboriste. Lui seul savait où cueillir des plantes fraîches et comment en fabriquer des décoctions.

– Bien sûr, Maître, soyez tranquille. Je vais choisir des plantes qui facilitent la digestion, les faire macérer ensemble, puis j'apporterai cette tisane à votre charmante épouse.

– Oui, je compte sur toi pour qu'elle se rétablisse au plus vite !

L'intendant disparut et un vilain rictus tordit sa bouche, car une idée mauvaise avait germé dans son esprit. Il prépara donc une décoction avec des plantes dont lui seul connaissait leurs vertus, puis il l'apporta à Mélisande dans un récipient avec mille précautions. Il lui présenta ensuite une tasse de ce breuvage. Celle-ci le remercia chaleureusement et avala cette préparation. Puis, elle s'endormit. Mais environ une heure après, elle fut réveillée par des douleurs dans le ventre. Elle but une seconde tasse, croyant que cela la soulagerait, mais bien au contraire, ces horribles douleurs ne firent qu'empirer, à un tel point qu'elle se mit à crier. Elle appela Ulric, mais celui-ci ne se montra pas. Une servante accourut et la vit si mal en point qu'elle fit chercher le sire. Or, Godefroy s'était rendu au village et ne revint que trois heures plus tard. Lorsqu'il pénétra, affolé, dans la chambre de Mélisande, la jeune femme semblait presque inanimée et sa couche était inondée de sang. Aussitôt, il fit chercher une matrone pour tenter de la soigner.

La matrone, ayant examiné la jeune femme, constata qu'elle était bien grosse, effectivement, mais qu'il était impossible de stopper l'hémorragie. Elle se tourna vers le sire et le regarda d'un air impuissant :

– Messire le baron, je suis désolée de vous apprendre que votre épouse est en train d'avorter : le bébé va être expulsé.

– Ce n'est pas possible ! hurla Godefroy. Je ne comprends pas pourquoi sa grossesse s'est arrêtée.

– Il y a tant de choses que nous ne comprenons pas, mais que nous devons accepter ! répondit la matrone d'un ton sentencieux. C'est Dieu qui décide et non pas nous.

Le sire haussa les épaules.

– Cessez donc, je vous prie, de dire n'importe quoi ! Et restons-en-là. Prenez votre dû et partez ! ajouta-t-il en lui jetant quelques écus.

La jeune femme resta couchée durant plusieurs jours, car elle était devenue très faible. Son joli visage, d'une pâleur inhabituelle, faisait peine à voir, tant elle était triste d'avoir perdu son bébé !

La réaction de Quentin fut très vive. Lorsqu'il eut rejoint son père pour travailler, il ne put se retenir de déclarer :

– Je reste persuadé que cet accident n'est pas survenu spontanément, mais qu'il a été le fruit d'un acte malveillant envers votre épouse.

– Tudieu ! s'écria le sire. Que dites-vous là ! C'est insensé ! Car personne ici n'est capable de commettre un tel forfait.

– Je n'en suis pas aussi certain que vous.

– Qui soupçonnez-vous dans ce cas ?

Sans hésiter, Quentin expliqua :

– Je ne vois qu'un homme capable d'agir de cette façon, c'est-à-dire en traître : Ulric, votre cher intendant. D'ailleurs, c'est lui qui a fabriqué ce breuvage, mais sait-on exactement quelles plantes il a utilisé ? Il a pu choisir des plantes aux vertus nocives pour la grossesse, ce qui a provoqué son avortement.

Le sire se rebella de toutes ses forces.

– Je vous interdis de penser une chose pareille ! Entendez-vous ? Je connais bien Ulric et je sais qu'il est incapable de faire du mal à une personne innocente comme Mélisande.

– Très bien, Père ! Mais sachez que souvent, la trahison survient par excès de confiance.

Godefroy, rouge de colère, jeta ses dossiers par terre.

– Je vous ordonne de ne plus jamais me parler de cette histoire ! Et mettez-vous au travail !

◆◆◆

Neuvième partie

La trahison

Durant les semaines qui suivirent, Mélisande finit par recouvrer des forces. Elle reprit ses activités de maîtresse de maison et d'épouse de chef de fief. Ses joues s'étaient un peu colorées, son appétit s'était amélioré, mais elle avait perdu sa gaieté d'autrefois qui la rendait si agréable. Elle avait conservé son apparence très séduisante, mais au fond d'elle-même, elle restait blessée et fragile. Elle avait perdu le sommeil et, durant ses longues nuits d'insomnie, elle était sujette à des terreurs nocturnes. Dans le silence omniprésent de la forteresse, il lui semblait entendre des bruits insolites qui l'effrayaient. Parfois, il lui arrivait de s'assoupir légèrement et elle ne savait plus si elle rêvait ou si elle était consciente. Elle se trouvait dans un état second.

" *Suis-je en train de devenir folle ?* " se demandait-elle parfois avec angoisse.

Puis, durant une nuit de pleine lune, Mélisande eut l'impression d'entendre une voix, très faible, comme surgie des profondeurs de la terre, une douce voix de femme qui gémissait. Elle dut se boucher les oreilles pour ne plus entendre ce phénomène surnaturel qui la terrifiait. Elle osa en parler à son époux, mais celui-ci ne fit qu'en rire :

– Voyons, ma douce, il n'y a point de fantôme ici. Vous devez être très fatiguée et vous imaginez que vous entendez des bruits étranges. Mais ce n'est peut-être que le vent qui souffle sous vos volets ou des meubles qui craquent, que sais-je ? Dans le silence, le moindre bruit résonne plus fort...

    – Oui, vous avez raison, acquiesça-t-elle d'un ton las.

Mais elle ne paraissait pas convaincue.

Le sire alla rendre visite au marquis d'Attrans pour sacrifier, cette fois encore, à leur passion commune des échecs. Et, à la fin de la partie, il se confia à son ami au sujet des terreurs nocturnes de sa fille. Ce dernier parut surpris car, s'il n'ignorait pas les insomnies de sa fille, il ne l'avait jamais entendue se plaindre de la sorte.

    – Voulez-vous qu'elle revienne se reposer quelque temps chez moi ? Et nous verrons bien si ces problèmes disparaissent ou non là-bas ?

Godefroy hésita, puis accepta cette proposition qui allait le soulager.

Mélisande réintégra donc sa chambre de jeune fille avec plaisir. Elle se sentit davantage en sécurité, d'autant plus que son père lui apporta de l'affection, de même que tous les serviteurs qui furent heureux de la revoir. Ainsi entourée et gâtée, la jeune femme réussit à retrouver un sommeil presque normal. Elle n'entendit aucun bruit suspect ou alarmant et sembla oublier ce qui l'avait terrifiée au château de Lanicey.

La belle saison arrivait et Quentin eut brusquement envie d'effectuer un séjour au château d'Hoftenberg. Cela faisait deux ans qu'il n'y était pas retourné, tant cet endroit lui rappelait tant de mauvais souvenirs ! Certes, il fréquentait toujours sa cousine dont il était amoureux fou. Et cette passion venait peut-être du fait qu'elle n'éclatait pas au grand jour. Elle était magnifiée par ce côté clandestin, étant donné que l'Église n'acceptait pas le divorce. Quant au sire, il continuait à ignorer l'enfant de Rosemonde : il était également un descendant de Mahaut, sa première épouse qu'il avait beaucoup aimée, puis horriblement châtiée par la suite, en l'enfermant à vie dans une prison souterraine de sa forteresse[4].

Quentin emmena Guillaume avec lui afin qu'il pût jouer avec son fils. Guillaume et Simon s'entendaient fort bien, malgré leur différence d'âge. Dans peu de temps, Guillaume devrait partir pour parfaire son éducation en tant que page auprès d'un seigneur étranger à leur comté. Il fallait qu'il profitât de ces derniers bons moments à passer auprès de Simon.

Arrivé là-bas, Quentin remarqua que le château conservait toujours une belle prestance. Les gardes l'accueillirent avec joie et lui firent même une haie d'honneur. Il constata également que le jardin, ainsi que les cours intérieures, étaient fort bien entretenus. Il se félicita d'avoir mandé son ami Étienne de Chabrerie pour l'intendance de cette forteresse. Apparemment, ce dernier s'était fort bien débrouillé.

Ce fut Étienne qui lui ouvrit la porte. Les deux amis s'unirent en une fraternelle accolade puis se mirent à rire pour masquer leur émotion.

– Quelle bonne surprise ! dit le comte en l'invitant à s'asseoir sur un sofa bien moelleux. Vous voilà enfin ! J'espère que vous allez rester ici quelque temps.

– Oui, c'est bien mon intention.

Étienne appela un serviteur pour qu'il leur apportât une boisson fraîche.

– Alors, dites-moi, que devenez-vous ? questionna Quentin.

– Tout va très bien, cher ami. Le travail ici me plaît beaucoup. Je commence à être connu dans la région et je me suis fait des amis. Et puis, je me suis marié.

– Vrai ? Avec qui ?

– Avec Frida, l'amie de votre épouse.

---

[4] Voir *Godefroy-le-Cruel*.

– À la bonne heure ! répondit Quentin. Pourtant, j'ai eu l'impression, aux fêtes du Nouvel An à Lanicey, il y a un an et demi, que vous paraissiez attaché à Aysu... M'étais-je trompé ?

Le comte poussa un profond soupir.

– C'est vrai, je l'ai aimée passionnément, mais je n'ai jamais réussi à la conquérir. Aysu reste une étoile inaccessible dans le ciel de ma vie. Et il m'a bien fallu l'accepter.

Quentin fit un geste de surprise, puis ajouta :

– L'aimez-vous encore ? Vous pouvez vous confier à moi car je n'éprouve plus de sentiments pour elle.

– Je ne sais pas... Je ne me pose plus la question, étant donné que je suis maintenant marié. Et Frida me convient bien : elle est réellement charmante.

Mais le comte n'aimait pas faire étalage de ses sentiments et s'empressa de changer de sujet de conversation :

– Que pensez-vous de l'assassinat de Philippe de Souabe ?

– J'ai été choqué par ce meurtre auquel personne ne s'attendait. Philippe de Souabe n'a pas eu de chance, mais il aurait dû se faire entourer par des gardes dans la résidence où il se trouvait. Un excès de confiance n'est jamais bon.

– Si je vous comprends bien, vous ne le regrettez pas ?

– Non, vous connaissez mon engagement à ses côtés. Je pense qu'Otton de Brunswick est plus apte que lui pour gouverner notre pays. Et il a manqué de chance, lui aussi, car il a épousé la fille aînée de Philippe. Or, celle-ci est décédée un mois après leur union !

– C'est vrai, mais il s'est remarié sans problème avec une héritière du comté de Bourgogne, rétorqua Étienne. Pour ma part, je ne vous cache pas que je regrette notre ancien Roi. Mais chacun est libre de ses inclinations.

– Tout à fait, à condition de rester discret.

Soudain, Aysu fit irruption dans le salon car elle avait entendu un bruit de voix. Elle avait cru reconnaître

118

celle de son époux et ne s'était point trompée. Quentin ne put s'empêcher de l'admirer : en mûrissant, sa beauté éclatait davantage et il en fut enchanté.

– Vous prendrez bien un verre avec nous, ma mie, dit Étienne, qui l'admirait lui aussi.

– Volontiers. Les enfants sont partis en promenade avec Manon. Je suis donc libre pour l'instant.

Pendant que les deux amis continuaient à discuter politique, Aysu se taisait et son regard allait de l'un à l'autre, comme si elle cherchait à les comparer. Mais pour elle, Quentin restait incomparable, tellement supérieur aux autres hommes ! C'était pourquoi, au premier coup d'œil, elle était tombée amoureuse de lui. À présent, elle l'aimait toujours, mais elle s'était juré de conserver sa dignité et de ne rien lui montrer.

Ils prirent leur repas du soir en commun. Frida s'était jointe à eux et elles avaient bavardé gaiement. Ensuite, les hommes avaient joué aux échecs pour se confronter en pensées. Aysu et Frida partirent se coucher, sachant que ces parties se terminaient très tard dans la nuit.

Aysu occupait une chambre éloignée de celle de son amie. Avant de s'endormir, elle songea encore amèrement à l'échec de son mariage, puis sombra dans le sommeil... jusqu'au moment où elle sentit des mains qui palpaient ses seins et qui dégrafaient sa chemise. Elle fit un effort pour se réveiller et sentit un souffle chaud au-dessus de son visage. Est-ce qu'elle rêvait ? La lune avait disparu de sa fenêtre, et elle ne pouvait pas voir qui la caressait de cette façon. Était-ce Étienne qui avait passé outre son interdiction de venir la retrouver au lit ? Elle voulut pousser un cri mais une main ferme posée sur sa bouche l'en empêcha.

– Taisez-vous donc ! entendit-elle.

À sa grande stupéfaction, elle reconnut la voix grave de Quentin. Alors, elle cessa de se débattre, mais son cœur palpita très fort. Il retira sa main et l'embrassa goulûment sur la bouche. Jamais son époux ne l'avait embrassée avec autant de fougue ! Ensuite, elle le laissa prendre son corps. Après tout, ils étaient toujours unis devant Dieu. Son cœur battait toujours la chamade, mais cette fois, c'était la joie la plus sincère qui l'animait. Elle jeta ses bras autour de son cou et l'embrassa, elle aussi, comme pour le remercier. Puis, ils s'endormirent enlacés.

Mais lorsqu'elle se réveilla avec la lumière du jour, elle constata que Quentin avait disparu...

Aysu se leva assez tard dans la matinée car elle voulait savourer son bonheur en le revivant en pensées. Lorsqu'elle descendit au salon, elle trouva Frida qui lisait une histoire aux enfants.

– Vous voilà enfin ! s'écria son amie. Avez-vous bien dormi ?

– Oui, répondit-elle machinalement. Où se trouve votre époux ?

– Il est parti chevaucher dans la campagne avec Quentin. Je ne pense pas qu'ils reviendront avant le repas de midi.

Aysu remonta dans sa chambre et fit une toilette très soignée. Elle releva ses cheveux sous son voile et enfila une robe d'un jaune vif, qui mettait en valeur sa poitrine, car elle était resserrée sous les seins. Puis, elle ajouta un collier de perles noires qui créait un heureux contraste avec sa peau dorée.

Quand elle descendit pour le repas, les hommes étaient rentrés et s'exprimaient bruyamment. Cette chevauchée les avait saoulés d'air pur et le plaisir se lisait sur leurs visages.

Aysu se sentit légèrement intimidée en se souvenant de sa nuit mouvementée. Étienne de Chabrerie ne cacha pas son admiration devant la jeune femme éblouissante de beauté.

– Ah ! Madame Aysu, lui déclara-t-il, chaque jour je vous trouve un peu plus jolie que la veille.

– Merci, Étienne, répondit-elle en rougissant légèrement.

120

Quant à Quentin, il ne dit mot. Aysu songea qu'il préférait peut-être rester discret devant ses amis. Cependant, elle se sentit déçue par cette indifférence. Elle mangea très peu, n'ayant pas faim. Et il lui tardait de se retrouver seule dans sa chambre pour cacher sa déception. Mais au moment où elle montait les escaliers, Quentin surgit à ses côtés et lui demanda :

– Alors, ma belle, comment ressentez-vous votre changement de statut depuis la nuit dernière ?

Son ton ironique la blessa.

– Je ne comprends pas ce que vous entendez par " changement de statut ", messire.

– Eh bien, c'est très simple : vous êtes passée du rôle d'épouse à celui de maîtresse.

Quels ne furent pas la stupeur, puis le regret, éprouvés par la jeune baronne !

– Suis-je donc sotte ! Je m'étais naïvement imaginé que vous aviez ressenti de l'amour pour moi. Ainsi, vous avez pris mon corps comme un simple objet ?

– Non, comme un magnifique objet, rectifia-t-il

Et son rire cristallin résonna dans l'escalier de pierres.

– Sortez ! Je ne veux plus vous voir, entendez-vous ? Je vous méprise !

– Qu'ai-je à faire de votre mépris ? Nous sommes toujours mari et femme et je possède le droit d'user de votre corps autant qu'il me le plaira.

Aysu se dépêcha de monter dans sa chambre et poussa un meuble contre la porte afin de la maintenir fermée. Cependant, durant tout le séjour que Quentin effectua à Hoftenberg, elle ne réussit pas toujours à l'éviter. Elle osa se confier à Frida qui avait bien remarqué le changement d'humeur de son amie : Aysu semblait triste, rêveuse et ne participait plus guère aux conversations lors des repas.

– Il ne faut pas vous rendre malade pour cela, déclara-t-elle à Aysu pour la réconforter. Songez plutôt qu'il trompe Rosemonde avec vous et que ceci est un juste retour des choses ! Ne trouvez-vous pas ?

La jeune baronne sourit faiblement.

– Je n'avais pas songé à cela... mais c'est une bien piètre revanche !

– Et puis, bon nombre de seigneurs agissent ainsi. L'essentiel est que vous restiez fidèle à vos sentiments et, qui sait, peut-être parviendrez-vous à le conquérir de nouveau ?

– Ah ! Frida, vous êtes trop bonne. Et vous me redonnez un peu de courage. Mais je ne veux plus rêver.

Néanmoins, les paroles de Frida produisirent un effet positif sur Aysu, car elle résolut de ne plus s'opposer à Quentin lorsqu'il reviendrait profiter de son corps. Aussi, chaque fois qu'il vint la retrouver pour passer la nuit vers elle, et ce furent souventes fois, non seulement elle ne le repoussa pas, mais elle répondit à ses avances. Et, comme toujours, il se montra à la fois ardent et doux.

Un matin, au réveil, il lui demanda :

– Est-ce que vous m'aimez toujours ?

Aysu demeura surprise, ne s'attendant pas à une telle question. Puis, elle avoua :

– Bien sûr ! Pourquoi aurais-je changé ? Et vous, éprouvez-vous un sentiment pour moi ?

Et elle attendit sa réponse, le cœur battant.

Il resta un instant sans rien dire, puis laissa tomber avec incertitude :

– Je ne sais pas bien.... En tout cas, j'ai de la tendresse pour vous. Et la tendresse est assez proche de l'amour...

Une lueur d'espoir illumina les beaux yeux sombres de la jeune femme. Peut-être allait-elle le reconquérir ?

Après avoir séjourné quinze jours au château d'Attrans, Mélisande réintégra la forteresse de Lanicey, sereine et reposée. Godefroy l'accueillit avec joie car sa beauté et sa douceur lui avaient manqué. Quant à Ulric, il s'arrangea pour l'éviter le plus possible. Ne l'avait-on pas soupçonné d'avoir provoqué le décès du bébé dans le ventre de sa mère ? Depuis son enfance, cet homme diabolique avait su écouter aux portes sans faire aucun bruit, sans se faire remarquer, et il avait entendu la conversation entre Godefroy et son fils au sujet de l'avortement de Mélisande. Chaque jour, il détestait davantage Quentin, qui, à présent que son père s'était un peu assagi, semblait se positionner en chef de la forteresse.

De retour au château, la jeune épouse du sire sollicita une autre chambre, pensant que la précédente était peut-être plus exposée aux intempéries. Sa servante personnelle, Ninon, avait préparé cette chambre de façon très agréable. De plus, cette pièce était orientée au soleil levant, et, par conséquent, moins humide.

Les deux premières nuits se passèrent sans problème et Mélisande se sentit rassurée. Mais au cours de la nuit suivante, elle fut réveillée par les mêmes gémissements qui semblaient provenir des profondeurs de la terre… ! Elle s'assit sur sa couche, le cœur battant, et écouta. Mais ce n'était pas les plaintes du vent, qui ne soufflait pas. Il ne pleuvait pas non plus : la nuit était calme. Cela surgissait des profondeurs de la forteresse. Elle écouta encore plus attentivement et crut, cette fois, entendre des pleurs… oui, les pleurs d'une femme ! Très angoissée, elle s'enfouit sous ses couvertures pour ne plus rien entendre et réussit tout de même à s'endormir à l'aube.

Le lendemain matin, le sire lui demanda :

– Est-ce que vous dormez mieux à présent que vous avez changé de chambre ?

Elle n'osa pas lui avouer ce qu'elle avait entendu afin de le rassurer et de lui plaire. Une dame doit toujours chercher à plaire à son époux.

– Je me suis endormie un peu tard, mais cela va, répondit-elle en abaissant ses beaux yeux, afin qu'il ne s'aperçoive pas de son mensonge.

– Alors j'en suis très heureux !

La jeune femme se reposa durant l'après-midi et demanda à Ninon de rester à ses côtés. Celle-ci accepta d'emblée car elle éprouvait beaucoup d'affection pour sa jeune maîtresse. Ninon était très bavarde et racontait toutes sortes d'histoires pour la distraire. Mais elles n'eurent pour tout effet que d'endormir Mélisande. Quand elle s'éveilla, elle s'aperçut qu'elle avait dormi durant deux heures et en fut très surprise.

– N'avez-vous rien entendu durant mon sommeil ? demanda-t-elle à Ninon.

– Si, j'ai entendu les chevaux qui sont rentrés dans l'écurie.

– Était-ce tout ?

– Oui, répondit la servante, étonnée par cette question. Pourquoi désirez-vous savoir cela ?

– Laissez tomber ma question, Ninon, cela n'a aucune importance.

Mais la nuit suivante, elle fut réveillée de nouveau par les pleurs d'une femme qui provenait toujours des profondeurs de la terre. Elle crut même comprendre certains mots. Cette femme disait : *" À l'aide ! Au secours !"*

Mélisande était certaine de n'avoir pas rêvé. Quand elle rabattit les couvertures sur ses oreilles, il lui sembla qu'elle entendait encore cet appel au secours. Elle pensa qu'une femme devait se trouver captive dans un sous-sol de la forteresse et se promit d'oser évoquer ce sujet devant son époux.

Mais bien mal lui en prit ! Lorsqu'elle raconta ce qu'elle avait entendu au sire, alors qu'ils se trouvaient en tête-à-tête pour prendre leur premier repas du jour, celui-ci parut amusé dans un premier temps, puis fort contrarié par la suite :

124

– Allons, ma Dame ! Cessez donc de raconter ces sornettes ! Sinon, je vais finir par croire que vous avez des hallucinations.

– Qu'est-ce que cela signifie ? questionna-t-elle naïvement.

– Je vais sûrement vous choquer, mais cela signifie que vous n'avez plus toute votre raison... car vous êtes la seule personne ici à entendre des choses aussi saugrenues.

La jeune femme eut un geste de révolte.

– Parce que vous ne me croyez pas ?

– Bien sûr que non ! gronda Godefroy. Et je vous demanderai, à l'avenir, de ne plus m'en parler. Est-ce clair ?

– Oui, sire, murmura-t-elle tout bas.

Jusqu'à présent, elle n'avait pas remarqué à quel point son époux pouvait se montrer aussi dur. Était-il possible qu'il eût autant changé en quelques mois ? Elle sentait confusément que quelque chose la dépassait, un mystère inconnu qui devait rester secret. Mais pourquoi lui aurait-on caché quelque chose ?

Une fois que Godefroy se fut retiré, elle monta dans sa chambre et se mit à pleurer. Personne ne pourrait la comprendre. Pas même son père, car il était très ami avec son époux. Elle ne pouvait pas en parler à sa belle-fille, Lidwine de Sacht, car elle avait constaté, lors de son mariage, que celle-ci la regardait avec dédain et ne lui avait pas adressé la parole. Là non plus, elle ignorait la raison de ce mépris. Quelle drôle de famille ! Elle songea qu'elle aurait peut-être pu se confier à Quentin, mais il se trouvait actuellement dans sa propriété, à Hoftenberg.

Quant au sire, de son côté, il demeurait très contrarié, voire furieux. Depuis que Mélisande lui avait avoué qu'elle entendait les gémissements d'une femme sous la forteresse, il ne pouvait s'empêcher de songer à sa première épouse, Mahaut de Morenne, qu'il avait fait emprisonner dans un souterrain jusqu'à la fin de ses jours. Or, à part l'homme sans âme qui avait mis un terme final à son martyre, personne ne savait comment elle était décédée. Et celui-ci lui avait juré qu'il resterait muet comme une tombe à ce sujet, sous peine d'être exécuté s'il parlait. Ulric tenait trop à la vie, il le connaissait bien. Mais, d'un autre côté, Mélisande ne pouvait pas inventer cette histoire avec autant de précision ! Elle avait été mise au courant de cette ténébreuse affaire ! Mais par qui ?

Il fut, lui aussi, la proie des insomnies pendant quelques nuits et se montra fort peu. Il restait enfermé dans son cabinet de travail et se fâchait chaque fois que quelqu'un frappait à sa porte. Jusqu'au jour où il décida de convoquer Ulric afin d'en avoir le cœur net.

L'automne se manifestait déjà et colorait merveilleusement les alentours du château-fort, le rendant ainsi moins terrifiant de l'extérieur. Mais à l'intérieur, tout restait austère. Le sire avait enfin pu faire reconstruire les bâtiments qui avaient été endommagés lors de l'attaque des partisans d'Othon de Brunswick, grâce à la dot de sa jeune épouse.

Quand Ulric pénétra silencieusement dans son cabinet, comme à l'ordinaire, Godefroy plissa légèrement ses yeux gris afin de mieux le scruter. Le serviteur sentit cette observation inhabituelle, mais ne frémit point.

– Bonjour, sire ! Que puis-je faire pour votre service ?

– Assieds-toi là et dis-moi toute la vérité. C'est dans ton intérêt.

Ulric s'assit et ne broncha pas, bien qu'il eût ressenti la mauvaise humeur de son maître.

– Je vous écoute.

– Voilà, expliqua Godefroy, mon épouse ne se porte pas bien car elle prétend entendre durant la nuit les pleurs d'une femme qui se trouverait sous la forteresse. Est-ce que cela ne te dit rien ?

Ulric avait écouté sans manifester la moindre surprise et répondit :

126

– Je dis que votre épouse, excusez-moi de le penser, a l'esprit dérangé. Cette histoire est inventée de toutes pièces et il ne faut pas croire ce qu'elle vous raconte.

– Pourtant, cela ne te rappelle pas Mahaut ? insista le sire.

– Bien sûr que non ! J'ai tout oublié. C'est si vieux ! Godefroy décida de le provoquer afin de le faire réagir :

– Dis-moi la vérité : ne serait-ce pas toi qui lui en aurais parlé ?

– Ainsi, vous osez m'accuser ! Vous me décevez beaucoup, car vous n'ignorez pas que je vous ai juré de garder le silence. Et quand j'ai juré, je tiens ma parole Je suis un honnête homme, bien qu'étant un simple serviteur.

– C'est bon, je te crois, assura Godefroy. Je souhaitais juste vérifier que tu n'avais rien dit au sujet du décès de Mahaut. Tu peux t'en aller.

Ulric le salua bien bas et sortit, enfin soulagé. Mais il songea que si son maître continuait à le soupçonner, il lui faudrait passer à l'étape supérieure…

◆◆◆

Épilogue

Quentin revint à Lanicey dans le courant du mois d'octobre. Son séjour à Hoftenberg lui avait fait beaucoup de bien, non seulement parce qu'il avait profité des charmes d'Aysu, mais parce qu'il savait que sa propriété était bien gérée et qu'elle lui rapportait de l'argent. Godefroy fut ravi de retrouver son fils en pleine forme, respirant la santé et le bonheur.

– Mâtin ! Que vous est-il arrivé là-bas pour posséder une humeur aussi joyeuse ?

– L'amour, Père, toujours l'amour ! Je me sens tout gaillard d'être aimé par deux femmes.

Et il lui raconta comment il avait su jouir de son épouse.

– À la bonne heure ! s'écria le sire. Quant à moi, je ne peux pas en dire autant. Depuis votre départ, Mélisande m'a très peu accordé ses faveurs. Elle est toujours triste et fatiguée. À présent, je dois vous avouer que je regrette de l'avoir épousée.

– Ah bon ? Croit-elle toujours que notre forteresse est hantée ?

– Oui, hélas ! Et je ne sais plus quoi faire pour lui sortir cette diablerie de la tête !

– Je vais vous dire ce que je pense franchement de cette situation. Je sais que vous estimez beaucoup votre intendant. Mais je ne crains pas de vous apprendre qu'il vous a certainement trahi. Ulric a dû, pour tourmenter Mélisande – car il est pervers –, lui parler de l'emprisonnement de ma mère dans le souterrain du château. Et votre épouse s'imagine qu'elle l'entend, tout simplement. Car elle est très impressionnable !

– Pourtant, rétorqua Godefroy, j'ai convoqué Ulric pour lui dire que je le soupçonnais de m'avoir trahi, mais il m'a assuré de sa bonne foi.

– Évidemment ! Il ne va pas s'accuser de son forfait. Mais cet homme est le diable en personne. Il ne songe qu'à faire du mal autour de lui. J'en ai déjà eu la preuve, car je sais que c'est lui qui a poussé le jeune garde en bas de la tour pour l'éliminer. Et maintenant, je suis certain que c'est lui qui a donné mon adresse à Philippe de Menard pour me faire arrêter. C'est lui qui m'a dénoncé, pour ensuite supprimer ce garde qui m'avait informé du passage de mon ennemi ici.

Godefroy sursauta violemment.

– Non, je ne peux pas vous croire ! Pourquoi le détestez-vous autant ?

– Parce que je possède des preuves : j'ai appris par Roland de Chessac, car Philippe de Menard était revenu le voir, que c'est Ulric qui lui a indiqué mon adresse à Hoftenberg.

Le sire persista à nier la trahison de son intendant. Puis, il se mit à réfléchir, surtout au cours de ses nuits d'insomnie. Et si Quentin disait la vérité ? Le doute s'était insinué dans son esprit fatigué. Il pressa son fils de questions, afin d'obtenir davantage de renseignements au sujet de ce serviteur qu'il avait mis sur un piédestal depuis tant d'années. Le jeune homme confirma ses dires car il avait épié Ulric depuis sa sortie de prison. En outre, il avait interrogé des servantes qui avaient eu le courage de se plaindre de sa méchanceté. Godefroy l'écouta attentivement, puis, écœuré par tout ce qu'il venait d'apprendre, s'écria :

– Mordiable ! Si ce que vous dites est vrai, je vais agir en conséquence : il ne fera pas de vieux os ! Et je suis furieux de m'être laissé manipuler par lui. Comme je le regrette !

130

Pendant qu'ils discutaient ainsi, Ulric, qui se trouvait à l'étage au-dessous d'eux, entendait leurs éclats de voix. Il devait savoir à tout prix pourquoi ils criaient si fort et avec autant de passion. Il gravit donc l'escalier de bois, du bout des pieds pour ne pas le faire craquer, et colla son oreille contre la porte du cabinet de son maître. Il comprit qu'ils discutaient à son sujet, et même que Quentin l'accusait d'être un assassin. " *Ah ! Pourquoi est-il revenu, celui-là !* " songea-t-il. " *Car il est plus terrible que son père !* "

Il avait entendu Godefroy hurler : " *Il ne fera pas de vieux os !* " Comprenant qu'il était démasqué, il conçut un plan diabolique...

Le lendemain soir, à la fin du repas, le sire se sentit fatigué. Il eut beaucoup de peine à garder les yeux ouverts. Pourtant, il n'avait pas trop mangé ni trop bu. Il avait avalé une bonne soupe aux choux, cuisinée avec des légumes de son potager et il n'avait pas touché au gibier qui l'accompagnait. Il avait terriblement sommeil et salua les membres de sa famille avant de partir se coucher.

À peine dévêtu et étendu sur son lit, il s'endormit comme une masse d'un sommeil profond. Il n'entendit donc pas la porte de sa chambre grincer doucement et ne vit pas un bougeoir s'élever au-dessus de sa tête pour vérifier s'il était bien endormi. C'était à peine s'il respirait.

Soudain, il sentit un objet mou qui s'écrasait contre son visage et qui allait l'étouffer. Mais il se réveilla juste à temps pour se débattre. Et que vit-il ? Son intendant exemplaire qui tentait de l'étouffer avec un énorme coussin. Il réussit à s'asseoir tant bien que mal, reprit sa respiration et s'écria :

– Ulric, sale face de rat ! Tu ne m'auras pas comme ça ! Tu as voulu me tuer, mais c'est toi qui vas crever !

Il voulut se lever pour attraper un poignard qui se trouvait accroché au mur, mais il tituba sous l'effet de la potion que Ulric avait glissée, à son insu, dans son potage. L'homme sans âme comprit son geste et, plus preste que son maître, il s'empara du poignard avant lui. Godefroy s'écria alors de toutes ses forces :

– Quentin ! À l'aide, Quentin !

Ulric enfonça le poignard dans la poitrine du sire, d'un coup sec, et aussitôt une nappe de sang gicla sur le parquet. Godefroy s'était effondré au sol, mais lorsque son assassin se pencha vers lui pour s'assurer qu'il était bien mort, il réussit, par un ultime effort, à l'empoigner et à le faire tomber à terre, lui aussi. S'ensuivit une courte bataille entre les deux hommes, maculés de sang tous les deux et hurlant, l'un de douleur, l'autre de fureur.

Quentin arriva en courant à ce moment. Ulric chercha à s'échapper, mais le jeune homme arracha le poignard de ses mains et le planta avec rage dans le cou du vieux serviteur. Il fut égorgé net.

Sans même prêter attention à cet homme qu'il détestait, il bondit vers son père et tenta de le relever. Des serviteurs, ayant entendu leurs cris, avaient suivi Quentin et l'avaient aidé à le redresser le plus doucement possible pour le poser sur sa couche. Deux servantes étaient venues également, mais elles s'évanouirent en voyant ce carnage. Godefroy avait perdu énormément de sang et respirait péniblement. Son regard se voilait peu à peu, mais il demeurait encore conscient. Il put articuler quelques phrases à l'intention de son fils :

– Quentin… je sens que je vais mourir… C'est à vous maintenant… de diriger cette forteresse. J'ai reconnu… votre bravoure.

– Oui, Père, je prendrai votre succession. Rassurez-vous.

– Et puis… je vous confie Guillaume… qui est encore bien jeune… Veillez sur lui…

– Bien sûr ! Partez en paix…

Le sire ferma les yeux, ne voyant plus rien, puis s'éteignit peu de temps après.

132

Godefroy de Lanicey, qui avait massacré tant d'infidèles lors de la troisième Croisade en Terre Sainte et dont la force de caractère avait été reconnue partout, était donc mort assassiné par son serviteur, celui qui lui avait servi de bourreau.

Quentin se tourna vers les hommes encore présents dans la pièce et leur ordonna à propos d'Ulric :

– Prenez le cadavre de cette ordure, retirez ses vêtements et pendez-le ainsi après un gibet. Il fera le festin des vautours. Ahahaha !

Devenue veuve une seconde fois, Mélisande retourna vivre auprès de son père. Très marquée par cette tragédie, elle décida de ne plus se remarier.

En tant que maître du fief de Lanicey, Quentin fit revenir Aysu auprès de lui, afin qu'elle prît en charge l'éducation de Guillaume et de son fils Simon. Il honora de nouveau sa couche. Quant à Rosemonde, elle demeura sa maîtresse à Morenne.

FIN

À Besançon : septembre 2016